ECHOS DES PROFONDEURS

4 Histoires

Salvator Batty

ISBN : 978-2-9545815-3-8

En couverture : Profondeurs célestes, Nejma Hamlat

TABLE DES MATIÈRES

ECHOS DES PROFONDEURS

ECHO DES PROFONDEURS HUMAINES

(Prologue)

« Pourquoi tu pleures, Thomas,

- C'est papa qui m'a puni !

- Explique moi ce qui s'est passé.

- Il veut plus m'emmener au Salon des nouvelles technologies.

- Ah bon, pourquoi ?

- A cause du carnet de correspondance…

- Et …

- J'ai eu un avertissement discipline !

- Ca peut paraître normal qu'il réagisse comme ça, non ?

- Non parce qu'il avait promis. Il respecte pas sa promesse !

- Tu sais que ton père est très strict sur la discipline. Il faut que tu fasses un effort, mon chéri et tu verras qu'il t'y emmènera avec plaisir.

-Non, je veux plus y aller ! D'abord c'est un menteur. Lui, il respecte pas ses promesses !

- Ne te mets pas dans un état pareil, ça ne sert à rien !

- Tu crois que j'ai pas compris que c'est parce qu'il a des problèmes. Mais, toi tu t'en fous, tu fais ce que tu veux…

- Ne crois pas ça mon chéri, nous avons plus d'obligations que toi.

- C'est pas vrai, nous on doit faire comme vous, vous voulez. Quand vous êtes en forme, ça va bien pour nous. Mais quand vous êtes pas en forme, nous, on en subit les conséquences.

- Euhh… C'est pas totalement vrai ce que …

- Tu crois que j'ai pas remarqué qu'il y a des fois, papa et toi vous vous faites la tronche. Et là, vous faites plus attention à moi et quand je vous parle, vous me répondez mal…

- Excuse-moi, mon chéri…

- Pourquoi vous êtes comme çà, maman ?

- C'est parce que dans les cœurs des adultes, il y a des profondeurs mystérieuses qui influent sur notre comportement. On n'est plus maîtres de nous-mêmes…

MENSONGES

Il fait encore nuit. L'habitacle d'un véhicule s'éclaire soudainement d'une lueur orangée émanant des cadrans lumineux. Ce n'est pas encore l'aube. Une rosée épaisse couvre les toits des voitures. Il fait frais.

Paul Gredin démarre. Deux faisceaux jaunes tirent de l'inexistence quelques objets, une bande de pelouse, une poubelle, une porte, un ballon contre un petit vélo couché...

Des sons s'éjectèrent hors des quatre hauts parleurs comme un vol de chauves-souris sonores de leur caverne grillagée. Une voix jaillit, en contraste avec l'atmosphère endormie : Une voix jeune mais sans humanité, en français mais sans pays, enjouée, énergique mais sans matérialité ; une voix de radio.

« Il est six heures sur Radio Dynamik. Encore une journée qui commence sur Dynamik, la radio qui fait exploser les matins. Attention danger ! Si vous n'êtes pas jeune et bien dans vos baskets Ca va être trop fort pour vous !

- Vous écoutez radio Dynamik ! La radio qui déchire de plaisir ! Vous êtes encore là ? Tant pis, hi, hi, hi, on vous aura prévenu ! Nous sommes jeudi 24 avril, c'est encore une journée à faire péter grave avec Dynamik ! La radio en bâtons qui déchire, la radio en boutons qui vous balance le printemps par les oreilles !

Alors, alors Elodie, mon petit cœur d'amour ! Où en est-on avec notre fameuse cagnotte qui vous permettra de gagner, je vous le rappelle, trois mille euros si vous répondez à notre question ? »

Une voix off : « Elle est trop chelou ta question, hé !

- Elodie : « Silence les garçons ! Eh bien, cher Quentin, hier nous n'avons pas eu de gagnant puisque les auditeurs sélectionnés n'étaient pas chez eux.

- Quoi, quoi ? Mais qu'est-ce que vous foutez bande de ouf ? On vous a déjà expliqué çà des tas de fois. Un, vous nous envoyez une carte postale avec votre numéro de téléphone et deux, vous bougez plus de chez vous ; vous restez l'oreille collée sur votre enceinte à écouter votre radio préférée… »

Tous les animateurs ensemble : « Radio Dynamik. !

- Trois mille euros çà les vaut bien, non ! Vous n'allez pas bosser, vous descendez pas faire vos courses, vous faites pas de câlin à votre copine. Vous bougez pas ! C'est compris. On vous le répétera pas !

Hooooo, mais je le sens bien ce matin, je le sens bien ! Ouais, ça va donner ! Youlalahitoo ! »

Pendant que Quentin continue, un animateur : « T'as vu il a yodlé »
Un autre : « Aïe, quand il yodle c'est mal barré pour la journée !

- … Allez c'est parti. Premier numéro : On appelle Lucien de Tremblay les Gonesses. Alors Lucien, t'es là ? Lucien ! Lucien ? Lucien tu fais quoi ? Allez Lucien, y'a trois milles euros qui te filent sous le nez ! Lucien de Tremblay les Gonesses, avec trois mille euros, tu vas faire trembler les gonzesses, comme disait mon père ! »

Tous les animateurs : « Qu'est-ce qu'il est mauvais ce matin ! C'est nul son truc ! On peut pas le mette à la retraite ?

- Tans pis pour toi Lucien ! T'a loupé ta journée. Moi je serais toi, je sais ce qui me reste à faire. Allez, ça fait rien ! On va encore vous donner une chance. Vous pourrez pas dire qu'on n'est pas sympa avec vous, hein ! On appelle qui, Elodie ? »

Elodie : « On appelle Johanna de Barbezieux ! Allo, Johanna, Johanna t'es là ? »
Une voix féminine pas très bien réveillée : « Allo ! »
- Bonjour Johanna, tu es en direct sur Radio Dynamik la radio qui … »
Johanna : « Qui fait exploser le matin ! La radio qui déchire de plaisir ! »

Bruit d'applaudissements, sifflets et commentaires dans le studio.
- Johanna, tu es à deux doigts de gagner trois milles euros ! Est-ce que tu t'en rends compte ?
- Heu ben non j'suis pas encore bien réveillée, alors…
- Johanna, je vais te poser une question, une seule ! Si tu y réponds tu empoches les trois mille euros ! D'accord !
- D'accord ! »

Les animateurs derrière : « Elle est trop chelou ta question ! »

Elodie : « Silence les garçons ! Johanna, tu es prête ? Allons-y ! Johanna… On est quel jour ? Peux-tu me donner la date exacte ? »
Johanna, un peu hésitante : « Heu, jeudi 24 avril, je crois !
- Johanna, tu es sûre ?
- Ben oui !
- Certaine ?
- Oui ! »

Charivari énorme dans le studio. Une musique tonitruante brouillée par des bruits de klaxon, des sirènes d'ambulance, des cris et des applaudissements saluent la victoire stupéfiante de l'auditrice.

Puis un long cri monte en puissance jusqu'à couvrir tous les autres bruits, de plus en plus aigu, de plus en plus puissant, une sorte de mélopée fonçant vers les étoiles, quart de ton après quart de ton jusqu'à s'échouer sur un commentaire émerveillé :

« Waouh c'est super ! » : c'est Johanna qui manifeste sa joie en direct.

Flottement dans le studio : les animateurs doivent se regarder : Ils ne s'attendaient pas à une telle irruption. Mais très vite ils reprennent les rênes de l'émission et déclenchent une rafale de sifflements et de commentaires.

Quentin : « Dis-donc Johanna ! Quel coffre ! T'as appris à faire çà où ?
- Je ne sais pas c'est naturel !
- Tu sais que t'es sacrément douée pour faire des bruitages !
- Ah bon ?
- Ouais, ouais ! On peut refaire un petit essai si tu veux…Tu pourrais faire le loup là, comme çà, à l'improviste ? »
Johanna tente un hurlement de canidé
« Et la vache ? dit une voix off.
- Oui Johanna, la vache, tu sais imiter la vache ? »

Johanna meugle …grogne… brait…caquette…, très heureuse de se livrer à cet échantillonnage en direct surchauffant l'atmosphère du studio jusqu'au délire : Cris, hurlements, rires et bruits divers…

Quentin : « Waouh ! Quelle super séquence ! Elle est pas belle la vie, hein ? Nous, qu'est-ce qu'on aime vous faire plaisir ! Y'a des matins comme çà où ça marche fort !
Et c'est pas fini. Maintenant, c'est l'heure du…
- Zorro de la radio, tatatatin, tatatatin ! » lancent en cœur, les animateurs tandis que retentit un jingle grandiloquent.

« Vous connaissez tous le principe mais je vous le rappelle quand même : Si vous avez eu un problème avec un mec qui vous gâche la vie, une meuf qu'a rien compris au film, c'est pas grave, restez zen, cool, Radio Dynamik est là, on s'en o-ccu-pe !

Vous nous envoyez son nom et son numéro de téléphone et le Zorro de la radio entre en scène ! Ce matin, nous avons Julien en ligne. Allô Julien explique-nous ton problème.

- Bonjour à toute l'équipe ! Vous savez, je vous écoute tous les matins »
Flot de commentaires : « Yeah man !

- Super !
- C'est normal on est les meilleurs !
- T'en fait pas Julien on l'aura …

- Voila : j'ai un problème avec ma proprio : Ça fait deux ans qu'elle me loue un studio hyper cher mais en plus, maintenant mon chauffe-eau est tombé en panne. J'arrête pas de lui téléphoner pour qu'elle le fasse changer, ce chauffe-eau merdique mais elle veut rien entendre. Elle dit : « On va voir ça ! » et puis rien ne se passe. C'est vrai, j'en ai marre à la fin !

- Bon, Julien ? …
 - Ouais !
- … tu restes en ligne et nous, on s'occupe de cette affaire du chauffe-eau. On téléphone à ton proprio comment on dit déjà ?
- Indélicat » dit une voix off.
- Oui c'est ça ! Indélicat et on va lui faire tâter de notre délicatesse ! (Rires gras). On compose son numéro de téléphone… »

Quelques sonneries retentissent, puis une voix de femme dit : « Allo ! »
Quentin transformant sa voix : « Allo ?
- Allo, répond la propriétaire.
- Bonjour madame c'est la société protectrice des animaux à l'appareil. On s'excuse de vous déranger à une heure aussi matinale mais on doit vous poser quelques questions.
- Ecoutez madame, je n'ai pas le temps ce matin, je suis désolée mais…
- C'est dommage madame, ça vous aurait évité des ennuis.
- Quoi, quels ennuis ?
- Des particuliers ont déposé plainte contre vous pour maltraitance d'animaux domestiques et nous sommes chargés par le procureur de la République de faire une enquête.
- Des particuliers, qui çà ?
- En général c'est des gens de l'entourage ou du quartier, madame.
- Il doit y avoir erreur, madame, j'ai pas d'animal.
- Ah c'est ennuyeux çà, vous reconnaissez que vous vous en êtes débarrassé !

- Mais qu'est-ce que vous me racontez, puisque je vous dis que je n'ai pas d'animaux !
- Ah bon pourquoi ?
- Parce que je n'aime pas ça et en plus je suis allergique aux poils de chat, de chien et de raton-laveur. » (Rires étouffés dans le studio)

« C'est bien ce qu'on nous disait, vous n'aimez pas les animaux ! Hein ? Et vous n'hésitez pas à vous venger de votre vie lamentable de propriétaire pourrie sur ces pauvres créatures ! »
La femme, hurlant : « Mais je ne vous permets pas de m'insulter ! Qui êtes-vous d'abord ? »

Quentin prenant une voix terrible : « Je suis… Je suis… le représentant syndical des mannes des animaux que vous avez lâchement torturés à mort. Je suis, l'émanation de votre conscience squelettique qui pleure en direct tous les actes lâches que vous avez accomplis dans votre vie de propriétaire rabougrie, les loyers exorbitants, les chauffe-eaux en panne… »

Puis reprenant une voix normale : « Ah oui je vous ai pas dit : vous êtes en direct sur Radio Dynamik, la radio … »
Tous les animateurs en cœur : « qui fait exploser les matins. Attention danger ! Si vous n'êtes pas jeune et bien dans vos baskets Cava être trop fort pour vous !»

Tut…tut…tut… la femme a raccroché
« Tu vois Julien ça marche. Elle a explosé ! »

« N'importe quoi ! » se dit Paul Gredin. Il est partagé entre la satisfaction que le malheur d'autrui provoque chez de nombreuses personnes et une certaine hésitation, le rire un peu jaune de celui qui n'aimerait pas être à la place de la personne cible des moqueries. Sent-il au fond de lui la légère tristesse, qui voile la belle humeur, quand on assiste à la dévalorisation d'un humain, réflexe inconscient, résurgence à peine perceptible d'une vraie fraternité qui avait cours quand les humains s'aimaient ?

Peut-être, mais l'homme moderne fuit la tristesse et redoute l'examen de conscience.

Sans doute parce qu'il pense : « Bah, il faut vivre avec son temps !
Les jeunes, il vaut mieux qu'ils se défoulent à faire de la radio, qu'à
casser des vitrines, ou à arracher des sacs à main ! »

Il se dédouane ainsi d'une réflexion compliquée, en évacuant la
question des conséquences de l'influence de la radio sur les esprits
de ceux qui écoutent et la responsabilité morale des producteurs et
des présentateurs des émissions.

Tandis que Paul Gredin écoute d'une oreille distraite le ronron médiatique mêlé à celui de son véhicule, à plusieurs kilomètres de là, Charles-Antoine Saint Colomb se réveille dans le lit de sa maîtresse, heureux de la nuit qu'il a passée, reposé, en forme.

Il pense à lui. Il se dit qu'il est une personnalité importante. Un bon député, qui veille sur les intérêts de ses administrés avec beaucoup de scrupules, une grande ardeur au travail et un sens du dévouement qui depuis une quinzaine d'années facilite sa réélection.

« Bien sûr, la vie m'a souri. Quand on a été élevé dans une vieille famille noble et fortunée, quand on a pris comme moi conscience de la chance de sa fortune et de sa naissance, on comprend les devoirs qu'elle implique. Tradition oblige : Depuis des centaines d'années les Saint Colomb cultivent le charisme de guide naturel de la population, toujours dépendante, avide de suivre un chef comme le troupeau a besoin d'un berger.

Je dois reconnaître cependant que, depuis l'avènement démocratique, ce rôle ne va plus de soi, et c'est une bonne chose ! Ça oblige à un dépassement, un travail acharné. Je ne serais jamais assez reconnaissant à mes parents de m'avoir éduqué dans cet esprit-là.
Résultat, me dépensant sans compter pour le bien être de ma circonscription, je jouis d'une image de bienfaiteur que je cultive d'ailleurs méticuleusement.

Il fait une moue indulgente : Petit cabotin, Tu aurais sans doute fait un excellent comédien. Mais il ne faut pas être trop dur avec soi-même. La politique moderne c'est surtout de l'image. Et cette bonne image médiatique m'ouvrira un jour les portes des ministères. J'ai déjà fait un pas important en devenant rapporteur de la commission <u>Défense nationale et forces armées</u>».

Paul Gredin est arrivé sur les lieux qu'il souhaite prospecter. Il vend des aspirateurs en démarchant les particuliers.

« Bonjour madame. Je me présente : je m'appelle Paul Gredin et je fais une étude sur l'impact de la technologie norvégienne en population rurale.

- J'ai du mal à vous croire, dit la vieille femme, on dirait plutôt que vous êtes un voyageur de commerce.

- Ah, on est perspicace, répond-il sans se démonter. Mais l'un n'empêche pas l'autre chère madame. Vous connaissez la technologie révolutionnaire norvégienne ? Et bien enchaîne-t-il pour éviter qu'elle réponde, vous en avez un concentré dans les aspirateurs La Tornade que j'ai l'honneur de diffuser et que je viens vous présenter.

- Non merci j'ai besoin de rien.

- Heureusement ! Comme je vous comprends, chère madame !

Je me doute bien que vous ne m'avez pas attendu pour acheter un aspirateur. Votre réponse est logique, tant qu'on n'a pas rencontré le concentré de technologie et d'utilité sociale incarnée par notre gamme.

- Vous n'en rajoutes pas un peu ? réplique la paysanne qui ne se laisse pas faire.

- Pas du tout. Savez-vous que notre marque a été déclarée d'utilité publique par le roi de Norvège dans sa croisade pour l'hygiène domestique ?

- Oh, vous savez la Norvège c'est loin ! répond-elle.

- C'est pour cela que je me déplace. Ah, les glaces éternelles, les aurores boréales, les fjords aux eaux lustrales… Vous connaissez ? Non ? Tout ce qui vient du Nord est pur et résistant, croyez-moi ! Et en matière d'aspirateur on n'a pas trouvé mieux !

- Moi, j'ai un Phillipon et il me convient.

Là encore, je vous comprends, chère madame. On se dit que tous les aspirateurs se valent donc on prend n'importe quelle marque. J'ai fonctionné comme cela moi aussi pendant des années. Mais entre nous, ces choses qui sont fabriquées en Asie c'est fiable jusqu'à ce que ça tombe en panne. C'est après qu'on pleure, parce que changer la moindre pièce, revient plus cher qu'en acheter un neuf. Alors on retourne au supermarché du coin, on profite d'une promotion et ainsi de suite. Au bout du compte ça vous revient très cher ! Ça fait combien de temps que vous l'avez ?

- Trois ans.
- C'est ça ! En général c'est la limite. Après les ennuis arrivent ! Remarquez, vous avez raison ! Faut bien faire travailler, les pays pauvres. Sinon ils crèvent de faim. En fait en achetant un aspirateur, vous faites une bonne œuvre.
- Mais pas du tout, réplique la femme indignée. Moi, j'achète français ! »

Il a marqué un point. Pour vendre, il faut parfois faire vibrer la fibre nationaliste dans les campagnes.
« Je suis désolé de vous décevoir mais Phillipon n'est plus une marque française depuis longtemps. C'est fabriqué au Vietnam, monté en Inde et seulement contrôlé en France. Même les capitaux sont étrangers. Ils viennent d'Arabie Saoudite. Evidemment ils ne le clament pas sur les toits qu'un tel fleuron de l'industrie française a été vendue à des... (Volontairement, il n'achève pas sa phrase)

- Votre aspirateur ce n'est pas mieux, il vient de Norvège, renvoie-t-elle.
- Technologie nordique, mais fabrication française ! La Tornade est une entreprise citoyenne madame ! Le savoir-faire français associé à la technologie nordique. Pas de sac, la poussière se déverse par force centrifuge dans un tiroir collecteur qui se vide en un tour de main. Pas de sac, pas de poussière collée à la soufflerie, pas d'encrassement du moteur, pas de résistance qui chauffe, une solidité à toute épreuve.

Si vous saviez, à la ville on se l'arrache en ce moment, je suis presque tous les jours en rupture de stock. Ça part comme des petits pains.
- Ah bon ?
- Mais oui, regardez ce design, on pourrait croire que c'est une oeuvre d'art. Maintenant les aspirateurs ne se cachent plus. On les montre, on les expose. C'est très tendance ! » »

Il change de ton : « Ce modèle de démonstration s'appelle « navette spatiale ». Il est tellement silencieux que vous devez mettre l'oreille dessus pour savoir s'il fonctionne. Il est sans fil, c'est pratique vous passez partout. Et les brosses ! Les brosses sont ultra perfectionnées équipées technologie du ragondin !

Vous connaissez la technologie du ragondin ?
- Euh… non mais…
- Bon, je vous explique en deux mots. Vous savez quel est l'animal le plus propre sur terre ?
- Le ragondin ?
- Oui, le ragondin, madame ! Je vois que vous vous tenez au courant des découvertes scientifiques ! Et savez-vous pourquoi ? Parce que le poil de ragondin est constitué de microfibres qui aspirent électriquement les particules. Le ragondin est peut-être obligé de se nettoyer souvent mais son terrier est un modèle d'écologie intégrée et on a découvert que cet animal était moins malade que les autres.

Nos ingénieurs se sont inspirés de cette merveille de la nature. Ils ont inventé des brosses auxquelles ne résiste aucune saleté.
Ah, je vois que vous ne me croyez pas ! Bon je vais être obligé de vous faire une petite démonstration. Evidemment cela ne vous engage à rien ! »

Elle n'est pas très chaude pour le laisser entrer chez elle mais elle n'ose plus le lui dire aussi crûment. Elle hésite un instant puis, face à sa détermination, elle se plie à sa demande.

Vingt minutes plus tard, il serre la main de la femme, après lui avoir vendu un coffret à 120 euros comprenant un aspirateur, une gamme de huit brosses, le bras télescopique, un chargeur de batterie, emballés dans une mallette en daim repoussé.

« Je suis vraiment génial, se dit-il en montant dans sa voiture ; je vendrais des congélateurs au Pôle nord. Ces paysans, ils sont méfiants mais il faut savoir les prendre. Et cinquante euros dans la poche ! La journée commence bien !

C'est vrai que je raconte vraiment n'importe quoi, mais elles en redemandent, toutes ces femmes au foyer. En fait c'est elles qui me poussent à faire mon cirque. Moi, je ne fais que répondre à leur demande d'évasion. Ce n'est même pas du mensonge, c'est du service public.

Ayant ainsi anesthésié, sa conscience, il démarre, bien décidé à booster son chiffre d'affaire.

A midi, il a vendu trois aspirateurs. Il est de bonne humeur et cherche un bon restaurant pour reprendre des forces.

« On ne se rend pas compte, pour réussir dans la vente, il faut mouiller sa chemise. Vu de l'extérieur, çà paraît facile de baratiner mais c'est tout un art ! » se dit-il.

Chez lui, vendre tient du sacerdoce : Il sait agrémenter chaque présentation d'une explication différente, invente une version nouvelle au gré des personnalités, plaisante, interpelle, se fait humble… Ca le rend quasiment irrésistible.

Il arrive dans un bourg et se met en quête d'une bonne table. Passant devant une auberge, il ralentit brusquement et se penche sur la droite pour se faire une idée de la devanture et de l'enseigne. Un choc brutal, accompagné d'un bruit de tôle écrasée, le projette contre le trottoir avec un craquement inquiétant.

Il sort de la voiture. Sa roue avant droite se trouve coincée perpendiculairement au sens de la route, entre la carrosserie et le trottoir.

« Oh, quelle merde !

- Vous vous occuperez de vos dégâts plus tard, dit Charles-Antoine Saint Colomb, le conducteur qui lui est rentré dedans, en colère. Qu'est-ce qui vous a pris de vous arrêter au vert ?
- Je ne m'arrête pas au vert, je cherche un restaurant.
- Oui et bien c'est pareil. Mais regardez l'avant de mon véhicule ! Il est complètement embouti ! »
Effectivement, l'avant du véhicule du député est défoncé. Quant à l'arrière de celui du vendeur, il ne vaut guère mieux.
- Oh, la la ma voiture ! S'exclame-t-il. Bon il faut faire un constat !

- Vous n'y songez pas dit le député. Je ne tiens pas à être tenu responsable pour votre inconséquence et en plus je suis très pressé. On va s'arranger à l'amiable. Vous me donnez deux cents euros et on est quitte !

- J'y crois pas dit Paul Gredin. Vous vous foutez de moi ? C'est vous qui êtes en tort et en plus…

- Comment ça c'est moi qui suis en tort, d'ailleurs…

- Oui c'est vous qui n'avez pas maîtrisé votre véhicule et en plus vous…

- Je suis quelqu'un d'important dit Charles-Antoine Saint Colomb, ça va pas se passer comme ça !

- Vous êtes vraiment gonflé ! », hurle Paul Gredin, devenu tout rouge et s'approchant de manière menaçante.

Charles-Antoine Saint Colomb se trouve en situation difficile et se dit : « Si ça continue quelqu'un va me reconnaître. » Il décide alors d'amadouer l'homme et de filer au plus vite.

« Allons, allons, ne nous énervons pas. Il doit bien y avoir un moyen de s'arranger !

- Le seul moyen c'est de faire un constat ! réplique Paul Gredin sur un ton un peu moins violent.

- Bon, allons-y dit Charles-Antoine Saint Colomb, l'air résigné. Ah mince, j'ai oublié les papiers du véhicule. Tout cela ne m'arrange pas ! ajoute-t-il l'air navré. Ecoutez, çà vous ennuie si on remet cela à demain…Je suis…

- C'est ça puis vous filez et je me retrouve marron !

- Non, non, je vous donne mon nom, mon numéro de téléphone et avec la plaque d'immatriculation, vous ne risquez rien. Allez, excusez-moi pour l'énervement, je suis extrêmement pressé et faites-moi confiance, je suis un homme de parole. »

Paul Gredin n'est pas du genre à faire confiance mais l'autre a l'air tellement sincère et puis de quelle autre solution dispose-t-il ? Il note nom et téléphone que l'homme lui dicte ainsi que le numéro de la plaque d'immatriculation. Si le type cherche à l'entuber avec les renseignements qu'il possède, il lui suffira de porter plainte à la gendarmerie.

« Bon, vous avez de la chance, c'est mon jour de bonté, conclut-il. Mais si vous chercher à m'entuber ça se passera mal !

- Vous ne le regretterez pas ! » répond l'autre en remontant dans sa voiture.

Le téléphone sonne un long moment avant qu'elle ne décroche.

« Elle doit encore être en train de se pomponner, se dit Charles-Antoine Saint Colomb. Ah, ces femmes, c'est mignon mais si peu efficace.
- Allo ! dit une voix féminine.
- Qu'est-ce que tu faisais, ça fait cinq minutes que ça sonne ? dit-il d'un ton bourru.
- Ah c'est toi ! Je me suis recouchée après ton départ J'ai pas vraiment bien dormi cette nuit, répond-elle d'une voix complice. »

Ça le radoucit. « Ecoute mon minou, je viens juste d'avoir un accident avec ta voiture.
- Tu n'es pas blessé au moins ?
- Non il y a que des dégâts matériels
- Avec la belle voiture que tu m'as offerte ?
- Oui, tu n'en as pas trente-six !
- Oh la la, comment je vais faire ?

- C'est pas grave mon minou, je vais la faire réparer. C'est l'affaire de quelques jours. Ce n'est pas cela qui m'ennuie. Le problème c'est que je ne suis pas censé être sur place ce matin mais à Paris. Si ma femme l'apprend elle est capable de demander le divorce.
- Oh mon chéri je t'aurai tout pour moi !
- Ne dis pas de bêtise veux-tu ! Chez les Saint Colomb, on ne divorce pas. Ça ne s'est jamais fait. Ce qu'il faudrait c'est qu'on croit que quelqu'un conduisait à ma place »
« Mais mon chéri, comment on peut faire cela. Tu sais bien que je ne sais pas mentir. J'ai trop peur de la loi.
- Ne t'inquiète pas, la loi c'est moi qui la fait. Il n'y aura aucun problème. En fait, je n'ai pas pensé à toi mais à ta mère. Tout le monde la connaît au bourg. Si elle dit aux gendarmes que c'est elle qui a eu l'accident ils la croiront. Tant pis pour l'espèce de parisien qui se pavanait dans le village ! Il n'avait qu'à rouler comme tout le monde.

Ecoute, voilà ce qu'on va faire : aujourd'hui, je vais faire le mort.

Demain, j'appellerai la gendarmerie. Je dirai que ta mère est venue me voir pour se plaindre d'un homme avec qui elle a eu un accident et qui l'a terrorisée. Je demanderai aux gendarmes de régler l'affaire, ils me doivent un petit service, ils ne peuvent me refuser cela.

- Mais si on découvre la vérité ? Maman aura plein d'ennuis !

- Ne commence pas à geindre, je te dis que j'arrangerai l'affaire s'il y a un problème, s'énerve-t-il ! Est-ce que je t'ai déjà laissée tomber quand ça allait mal ?

- Ne crie pas mon chéri, je sais bien que tu m'as plusieurs fois sortie des ennuis. C'est même comme ça qu'on s'est connu, ajouta-t-elle d'un air mutin.

- Bon, alors fais-moi confiance et tout ira bien ! Tu téléphones à ta mère, tu la mets au courant de ce petit mensonge de rien du tout. Elle n'a rien à faire, je m'occupe de tout. Et si on lui pose la moindre question, qu'elle renvoie vers moi, c'est moi qui répondrais. Dis-lui aussi qu'on lui fera un magnifique cadeau pour sa coopération.

- Bon d'accord, je vais téléphoner à maman. Mais promets-moi qu'elle n'aura pas d'ennuis !

- Ne t'inquiète pas mon minou, je gère la situation. »

Son problème arrangé, il a retrouvé cette voix chaude et enjôleuse qui la fait craquer. Elle admire tout chez lui. Sa réussite, sa capacité d'intervention, son sens de l'organisation, sa manière de parler en public… Son aura la fascine et la trouble.

Avec lui, elle est en sécurité. Il la rassure, la porte à bout de bras dans cette existence où elle n'a jamais eu de chance : Elle voulait être esthéticienne mais n'a pas pu décrocher le diplôme. Ensuite, elle a enchaîné plusieurs contrats dans des salons mais elle se retrouve toujours dans des situations inextricables à cause de sa naïveté et souvent aussi parce qu'elle électrise des femmes et des hommes sans jamais chercher à séduire. Il l'a tirée plusieurs fois de problèmes insurmontables. Ils se sont revus ; elle l'a aimé. Il est sa chance son avenir, son espoir.

Quelques jours plus tard, Paul Gredin vient récupérer son véhicule réparé. Au garage on lui dit : « Les gendarmes ont pris votre carte grise et vous demandent de venir la récupérer à la gendarmerie ! »

Décidemment, dans cette affaire tout est louche. Le nom que l'homme lui a laissé ne correspond à rien, son numéro de téléphone ne répond pas et maintenant, il doit aller récupérer sa carte grise à la gendarmerie. Pour une fois qu'il fait confiance, ça ne lui réussit pas. Il est tombé sur plus menteur que lui. Mais l'autre ne perd rien pour attendre…

La gendarmerie est pleine de monde, il faut patienter, ce qui l'énerve beaucoup. Au bout de deux heures, un petit homme en uniforme bleu, trapu, bourru, avec une grosse moustache, le crâne et les temps luisant comme s'ils avaient été cirés, le fait entrer dans un bureau, lui désigne un siège et lui demande immédiatement :

« Vous êtes bien M. Paul Gredin, né le dix-huit janvier 1973 à Arnac-la-Poste, dans la Haute-Vienne. »

Paul Gredin, passablement énervé et pressé d'en découdre, n'a écouté que d'une oreille distraite, croisant, décroisant les jambes, s'installant pour le combat.

« Répondez, je vous prie.
- Oui, oui, c'est ça mais…
- Attendez, je n'ai pas fini. Nous avons été contactés par un élu du département pour une affaire vous concernant. C'est relatif à l'accident que vous avez eu avec madame Bougniargue il y a trois jours… »

La surprise ne désarme pas Paul Gredin qui contre-attaque immédiatement :
« Mais non, vérifiez vos sources, ce n'est pas une dame qui m'a rentré dedans mais un monsieur et d'ailleurs…
- … Ne me coupez pas la parole, monsieur Gredin et restez

courtois. Nous autres, gendarmes, sommes tous les jours les témoins navrés de manques flagrants de savoir-vivre qui dégénèrent en drames puis en délit. Comme je dis souvent : « Courtoisie absente, incivilité présente ! » Il semble très fier de sa formule.

« Je disais donc que cette dame s'est plainte auprès d'un élu influent, des menaces que vous avez proférées à son encontre après le léger accrochage qu'elle a eu avec vous. Vous avez à ce point traumatisé cette personne - que tout le monde connaît ici pour être quelqu'un de raisonnable - que l'idée de faire un constat avec vous la remplit de terreur. Au demeurant, elle reconnaît ses torts pour l'accident. Mais laissez-moi vous dire que le délit dont vous vous êtes rendu coupable en la menaçant pèsera beaucoup plus lourd dans la balance d'un juge, croyez-en mon expérience.

Bref, nous avons eu toutes les difficultés à lui faire renoncer à sa plainte dont le retrait reste conditionné à la rédaction du constat à l'amiable avec un agent de la force publique, en l'occurrence votre serviteur, ici présent.

Dans le cas contraire vous vous exposeriez à des poursuites pour harcèlement moral sur personne vulnérable, menace à personne incapable de se défendre et refus d'obtempérer, nonobstant les effets de l'article 23 alinéa 13 du code de procédure civile, modifié par l'ordonnance du 28 janvier 2006 qui stipule néanmoins que les dérogations appliquées dans le cadre du paragraphe 8 du chapitre 156 du susdit code, ne s'applique qu'au bénéfice du doute, ce qui manifestement n'est pas le cas pour l'affaire qui nous concerne. »

Il a prononcé tout cela d'un ton monocorde, sans aucun émoi ni intérêt ce qui rend difficile à Paul Gredin l'évaluation de la gravité des reproches qu'on lui fait. Il tente de reprendre la main :

« Enfin monsieur…
- Brrrigadier, dites, Brrrigadier !
- Enfin Brigadier, tout ça n'a aucun sens. En fait c'est moi qui suis victime d'une arnaque. D'abord, je n'ai jamais rencontré cette madame… (il attend que le gendarme lui donne le nom mais ce

dernier ne bronche pas) ...C'est un monsieur qui m'est rentré dedans et en plus je suis venu porter plainte contre lui parce qu'il s'est sauvé en refusant de faire un constat. Maintenant si on pouvait accélérer la procédure, parce que ça fait plus de deux heures que je suis ici et...

- Ainsi d'après vous nous sommes tous des menteurs. Cette charmante madame Bougniargue, que je connais personnellement, notre député qui défend si bien les intérêts de ses administrés et moi-même par la même occasion, serviteur assermenté dans l'exercice de ses fonctions. Vous y allez fort ! »

Cette remarque agace Paul Gredin qui n'a plus qu'une idée, en finir au plus vite, ce qui le rend cassant :

« Mais qu'est-ce que vous me racontez, écoutez...
- Allons droit au but, Reconnaissez-vous les faits monsieur. ?
- Oui, je reconnais m'être fait emboutir l'arrière de ma voiture qui est aussi mon outil de travail, par un homme qui n'a pas voulu faire de constat, m'a endormi avec de faux renseignements et contre qui je veux porter plainte aujourd'hui parce que la réparation m'a coûté...

- Je vous invite vivement à vous calmer, M. Gredin. Je vous rappelle que vous êtes face à un agent de l'autorité publique dans l'exercice de son devoir.

Bon, vous n'êtes pas tiré d'affaire ! Nous allons être obligés de faire une enquête. Commencez, je vous prie, par remplir le formulaire ci-après, contestant le procès-verbal tel qu'établi par le fonctionnaire de service en l'occurrence, votre serviteur, ici présent.

Ensuite nous remplirons un deuxième formulaire, celui-là (il lui montre une liasse d'une épaisseur formidable) par lequel vous déclarez votre propre version des faits demandant l'abandon des poursuites. Et après cela, nous ferons le constat à l'amiable.

- Quoi ? Ecoutez, brigadier, je comprends que pour vous toute cette paperasse soit importante mais j'ai un travail, moi et si je ne travaille pas personne ne fera bouillir la marmite à ma place. Je n'ai ni le temps ni l'envie de me plier à cette lourdeur administrative.

- En entrant ici, dans ce sanctuaire de la justice, vous ne devenez plus maître de votre temps. Eh oui ! on ne peut se soustraire au cours de la justice dans l'exécution de ses devoirs sacrés. Il fallait y réfléchir avant d'avoir eu votre accident.

- Parce que vous croyez que mon accident était prémédité ! Dites tout de suite que je suis coupable ! commence-t-il à crier.

- Ne préjugez pas des pensés d'un fonctionnaire dans l'exercice de sa vocation. Ce n'est pas un délit mais vous naviguez sur la corde raide, monsieur. Attention à ne pas franchir la limite ! »

Paul Gredin ne comprend plus rien à cette affaire et quand il ne comprend pas, il ne se contrôle plus.

« Ecoutez, brigadier dit-il sèchement. Je suis juste là pour faire un constat à l'amiable et porter plainte contre l'abruti qui m'a foncé dedans et n'a pas eu le cran d'assumer sa bêtise, c'est tout le reste, vous savez…
- Je crains qu'hélas cela ne soit pas possible, cher monsieur. On se conduit de manière légère et ensuite on oublie ses responsabilités en se soustrayant au cours certes lent mais régulier de la justice. De plus, j'ajouterai que vous n'êtes pas en position de demander, ici, mais de répondre !

- C'est une histoire de fou se met à crier Paul Gredin en se prenant la tête !

- Ah modérez vos propos, cher monsieur ! Pour cette fois je n'ai rien entendu mais la prochaine fois c'est insulte à fonctionnaire dans l'exercice de ses fonctions !

- Mais enfin, monsieur le brigadier, essayez de vous mettre à ma place et vous reconnaitrez que tout cela est complètement absurde, dit Gredin tentant un ultime ton conciliant. Me voilà cloué ici depuis trois heures et encore au moins autant, tout ça pour un banal accident de la route, sans dégâts corporels, là où un constat à l'amiable d'un quart d'heure ferait l'affaire.

- La justice ne paraît absurde qu'aux délinquants, monsieur. C'est d'ailleurs à cela qu'on les reconnaît. Ils peuvent ironiser sur ses maladresses, ses lenteurs, ses imperfections. Ah, tout leur est bon pour dénigrer ses efforts démesurés pour que s'établisse véritablement un Etat où règne le Droit, l'horizon serein de l'égalité de tous devant ce Bras puissant, rassurant, paternel. Et certes, ils ne sont pas avares de sobriquets à l'égard de ses zélés serviteurs, toujours prompts à fustiger leur ingrat labeur.

Et puis un jour, que dis-je, une nuit, à la faveur de l'obscurité, on les débusque, tapis, prêts à commettre leur crime, avides de perpétrer leur forfait. Quand on a compris cela, cher monsieur, on ne s'étonne plus du cours soi-disant tortueux de la justice. On assiste humblement à l'exécution de ses sentences et puis, émerveillé on se retrouve heureux… »

La voix du gendarme se perd dans un brouillard. Paul Gredin le regarde tout à son plaidoyer, d'un air ahuri.

Qu'est-ce qui se passe ? On lui fait une farce ? Il participe à son insu à une caméra cachée organisée par une télévision locale ? Ou bien un concurrent jaloux a soudoyé la maréchaussée pour l'éloigner de son secteur ! C'est pas possible, quelqu'un a dû graisser la patte de ce fonctionnaire pour qu'il lui empoisonne l'existence.

Mais oui, c'est ça ! Qu'il est bête ! C'est tout simplement une histoire de fric ! Il suffit qu'il propose à ce gendarme une somme suffisante, et il se tirera d'affaire. Combien peut-il lui donner ? Une somme trop maigre serait une insulte. Il ne tient pas non plus à débourser un montant trop important. Cent euros devraient suffire ! Pour la plainte, il verra plus tard.

Le gendarme a fini sa tirade. A chaque occasion, il la débite sur un ton théâtral. Il y puise un orgueil renouvelé, la sensation toute fraîche de la beauté de la vie, identique à celle ressentie le premier matin où il a enfilé un uniforme neuf, qu'il resuscite à chaque déclaration. Il y aiguise le sens profond de son utilité publique, y ravive l'évidence de sa mission.

Que serait-il devenu sans cet uniforme, sans ce travail, sans ce pouvoir impressionnant de dire, de faire, d'incarner la justice, la loi, le rempart contre le mal ?

Il ne serait rien d'autre qu'un mammifère vagissant, fuyant le temps par la recherche éperdue de plaisirs grossiers, comme fait la masse.
Mais lui, il a échappé au destin tragique de la multitude des hommes. La gendarmerie a donné un sens à sa vie. Elle a fait de lui un homme, un vrai.

La tête haute, le regard droit, les yeux pétillants, le gendarme brasse tout cela en silence, tandis que Michel Grandin fouille dans son petit sac pour en tirer quelques billets qui vont lui permettre de se tirer de cette vilaine affaire.

Tout à son sentiment, le gendarme ne comprend pas. Il n'a jamais pas parlé d'amende. Puis, s'insinuant à travers les fissures de sa carapace mentale, se faufile l'intention de son vis-à-vis.

Comment ose-t-il ? Comment peut-il même penser une seule seconde qu'on l'achète, lui, modèle de droiture et de fidélité à l'institution, cité plusieurs fois par la hiérarchie pour son dévouement, décoré pour son obéissance sans faille ? Il devient blanc comme un linge, puis vire au cadavérique.

Paul Gredin s'en aperçoit, comprend sa méprise et veut atténuer l'effet de son geste :
« Ne prenez pas ce simple geste... commence-t-il en rangeant promptement les billets.
- Taisez-vous ! », dit l'autre d'une voix faible, brisée comme une frêle digue maintenant des eaux bouillonnantes !
- ...comme une manière de vouloir vous acheter, non...
- Taisez-vous ! hurle le gendarme dans un rugissement où se

mélangent colère et désespoir. Je vais vous faire arrêter sur le champ pour tentative de corruption sur la personne d'un fonctionnaire assermenté dans l'exercice de ses fonctions. »

Il s'est levé et marche vivement de long en large dans le petit bureau sans attrait qu'il occupe depuis vingt ans.
« Ah vous croyez qu'on peut acheter la justice ! Vous croyez que vous pouvez tout avec votre argent ! Qu'il vous suffit de mettre la main au portefeuille pour contrefaire la vérité à votre guise ! » Il est hors de lui.

Paul Gredin a quitté son domicile très tôt, angoissé par cette affaire, il n'a rien avalé depuis plus de vingt-quatre heures. L'atmosphère étouffante de la pièce chauffée, à l'unique fenêtre grillagée et fermée, le stress, le mettent de plus en plus mal à l'aise.

Il veut se lever pour expliquer au gendarme son intention, mais dans ce mouvement brusque, des étoiles jaillissent sur son globe oculaire. Il devient pâle à son tour, sent quelque chose tournoyer en lui tandis que la sensation de malaise gagne du terrain. Des soudaines bouffées de chaleur couvrent son visage de sueur et l'instant d'après il grelotte. Ça ne va pas du tout.

Il se rassoit s'accrochant au bureau. Dans une sorte de brouillard, il voit le gendarme se diriger vers lui, gesticulant, la bouche ouverte mais il n'entend plus aucun son. Ce qui se passe ensuite, lui semble se dérouler comme dans un rêve. Deux gendarmes le soutiennent jusqu'à une pièce et l'allongent sur un vieux divan.

Couché, c'est pire : tout se met à danser comme s'il était ivre. Il veut se lever mais une femme en uniforme l'en empêche. Le simple effort pour s'appuyer sur un coude, multiplie les étoiles et augmente la vitesse de rotation des images. Une nausée poisseuse l'envahit. A ce moment, la peur d'une maladie grave s'empare de lui et des larmes chaudes coulent sur ses joues glacées tandis que le hurlement d'une sirène se rapproche.

Paul Gredin n'aime pas être malade. Ça lui fait perdre des ventes. Plus que la diminution de salaire, il a surtout peur de baisser, de ne plus être aussi efficace qu'avant. Mais après toutes ces émotions, il apprécie qu'on s'occupe de lui. Il se laisse faire et coopère pour la batterie d'examens à laquelle il est soumis.

Il partage sa chambre d'hôpital avec un jeune homme pas bavard du tout, constamment plongé dans un ordinateur portable.
Quand ce dernier rentre dans la chambre il l'interpelle :
« Alors, ces examens, ça se passe bien ?
- Quels examens ?
- Je ne sais pas, je pensais que comme moi, on vous avait fait prise de sang, radio, électrocardiogramme, analyse d'urine, la totale, quoi !
- Non, moi je suis ici pour écrire un mémoire sur l'hôpital et je me mets dans la peau d'un malade pour que mon texte soit plus vivant.
- Ah vous êtes étudiant ?
« Oui et non, en fait, je collabore à un journal local mais je voudrais devenir journaliste, alors j'ai repris des études. D'ailleurs, si vous êtes d'accord, j'aimerais vous interviewer pour savoir comment vous vivez votre parcours de soins.
- Oh, ça, j'en ai à dire ! Pas tant sur le parcours de soins, d'ailleurs que sur les raisons qui m'amènent ici…Et Paul Gredin, relate toute son aventure.

Le jeune journaliste perd très vite l'envie de le couper pour le ramener à l'objet de l'interview. Paul Gredin arrange, délaye, embellit son récit et l'autre se laisse prendre. Mais surtout, il perçoit quel formidable accélérateur de carrière pourrait lui valoir un article sue ce qu'il entend. Tous les ingrédients du scandale s'y sont donnés rendez-vous. Un homme, sans doute un notable, cause un accident, prend la fuite et fait opérer par la gendarmerie une arrestation pour que la victime garde le silence.

Bien rédigé, un tel papier se vendrait à des quotidiens nationaux et il se voit déjà en une d'un journal distribué à des centaines de milliers d'exemplaires. Alors, il s'intéresse de très près à l'histoire, prend des notes, pose des questions, cherche les détails les plus croustillants afin de construire la trame dans sa tête.

Puis, n'y tenant plus, il s'habille, et en sortant de la chambre lance à Paul Gredin.

« Vous allez voir, je vais faire une enquête, cette histoire va faire du bruit, comptez sur moi ! »

Paul Gredin savoure sa vengeance mais ne voulant pas qu'elle se retourne contre lui, demande :

« Vous me ferez lire l'article avant de le publier ? Il ne faudrait pas mettre mon nom et aussi je voudrais être sûr que c'est bien fidèle.

- Bien sûr » lui jette l'autre alors qu'il a déjà refermé la porte.

Le lendemain, Paul Gredin se rend au siège de l'entreprise La Tornade, fait certaines démarches pour être mis en accident du travail et surtout attend un coup de fil du jeune journaliste.

Il a arrêté son plan. Pour récupérer sa voiture, il est obligé de passer par la gendarmerie. Mais avant, il veut contacter un avocat, se disant qu'un arrangement avec l'homme qui tire les ficelles dans l'ombre contre un dédommagement conséquent pourrait lui faire oublier ses misères.

Toute la journée son téléphone reste muet. « Il faut lui laisser du temps, se dit-il, une enquête, c'est long. »

Le surlendemain, Paul Gredin n'y tient plus. Il sort de chez lui très tôt, décidé à prendre conseil auprès d'un avocat. Il se rend comme à son habitude dans un café où il aime consommer le premier jus du matin.

Le patron, d'ordinaire réservé, l'accueille avec un grand sourire. Il se dit que s'il était souvent de cette humeur, son établissement serait plus fréquenté. Une drôle d'atmosphère règne dans le bar. Les rares clients le regardent, l'air amusé. Mais il y prête à peine attention. Comme il a un peu de temps, il commande, s'assoit à une table et saisit machinalement le journal où il jette un œil.

Et là, en première page, une photo de lui fait la une. On l'y voit l'air hirsute, un peu paumé, portant ce qu'on devine être une veste de pyjama. On aurait voulu le ridiculiser, qu'on ne s'y serait pas pris autrement. L'article est dans la même veine :

UN DEPUTE AUX AGISSEMENTS LOUCHES

M. Saint Colomb, député de la majorité, est-il l'homme intègre, le bienfaiteur dévoué au service de ses administrés, l'ardent défenseur de l'intégrité nationale ? On peut en douter. Les faits que nous relatons ici sont en effet de nature à poser cette grave question :

Avant-hier vers midi, M. Saint Colomb provoque un accident de la circulation dans la commune de Rions-les-canards. Il emboutit l'arrière du véhicule d'un pauvre bougre, déficient mental. Constatant l'incapacité de sa victime à se défendre, il prend la fuite. Puis, il n'hésite pas à faire pression sur la gendarmerie afin d'interner le malheureux qui se retrouve une nouvelle fois en hôpital psychiatrique (voir photo).

Dans quel but M. Saint Colomb a-t-il monté ce machiavélique stratagème ? L'examen de son emploi du temps nous permettrait-il de répondre à cette question ?

M. Saint Colomb quitte l'assemblée vers dix-sept heures. Là, on perd sa trace. Son assistante et sa femme essayent de le joindre sans succès. Il réapparaît vers vingt-heures en compagnie de sa maîtresse.

Mais entre dix-sept et vingt heures, où est M. Saint Colomb ? Personne ne le sait.

On dira, : « C'est une affaire privée, ça ne regarde personne. » mais M. Saint Colomb est un homme public. Il est, de plus rapporteur de la Commission de l'Assemblée sur les questions de défense nationale. Son emploi du temps doit être en cohérence avec ses fonctions.

Nous attendons des pouvoirs publics qu'ils fassent la lumière sur   ce   scandale

Au fur et à mesure que ses yeux parcourent ce tissu de mensonges, la gorge de Paul Gredin se serre. Il va être la risée de ses collègues, des voisins de tous les gens qu'il va rencontrer et qui, sans rien lui dire, vont le regarder avec un petit sourire en coin.

Comme ces clients accoudés au bar qui se retournent avec des rires sous-entendus… Et comment va-t-il faire pour vendre ses aspirateurs ? Il imagine déjà :

« Ah oui, vous êtes le débile qu'on a vu sur le journal ? »

Ces journalistes, quelle plaie, ils n'arrêtent pas de mentir. Ils ne peuvent pas se contenter de relater les faits ! Non, il faut qu'ils fassent mousser l'information, qu'ils en rajoutent pour vous tirer une petite larme, évidemment, pour mieux vendre leur torchon.

Il est anéanti. Il se voit fini, licencié de sa boîte, errant comme un malheureux sans savoir quoi faire de ses journées et finalement interné en hôpital psychiatrique, devenu fou à cause de la calomnie.

Charles-Antoine Saint Colomb lui aussi, a lu les journaux. Contrairement à Paul Gredin qui se sent seul, abandonné de tous, son téléphone n'arrête pas de sonner.

Sans doute préférerait-il qu'on s'intéresse moins à lui car, au milieu des interrogations artificiellement offusquées, de molles déclarations de soutien sur lesquelles il ne se fait aucune illusion, de véritables sources d'inquiétude se font jour.
Il sait aussi que si l'on découvre l'identité de son rendez-vous, s'en est fini de sa carrière politique.

Sa femme entre dans son bureau. Elle n'est jamais aussi belle que quand elle est en colère. Mais là, c'est de tristesse qu'est empreint son visage. Elle s'appuie contre l'encadrement de la porte sans rien dire. Ils se regardent en silence pendant un certain moment. Pour lui, ce n'est pas le bon moment.

« Ce n'est jamais le bon moment, pour toi, Charles. Tu ne m'as jamais rien dit, jamais rien expliqué. Tu m'as tenue dans l'ignorance, dans l'opacité de ta vie.

J'ai respecté cela parce que je sais que la vérité te fait peur. Mais aujourd'hui, c'est particulièrement grave. Ce n'est pas ma réputation qui est en jeu. Je m'en fiche. Mais quand tu t'affiches publiquement avec ta maîtresse, je peux me demander pourquoi je suis avec toi. »

Ils ont déjà traversé des tempêtes mais elle n'a jamais parlé d'elle ainsi. Elle disait : « nous, nous. » Là elle dit « je », c'est différent.
« Qu'est-ce que tu veux que je te dise…
- La vérité, Charles. »

La vérité ! La vérité ? Qu'est-ce que ça veut dire pour lui ? Ce mot, sorti du contexte des discours, ne représente rien.
Depuis si longtemps il parle pour convaincre, uniquement pour convaincre.

« Je… Ecoute, il faut me laisser un peu de temps. Je suis empêtré dans une sale affaire et tu vois…
- Ne cherche pas à gagner du temps avec moi, Charles. Je ne suis pas un adversaire politique. Mais je ne sais plus si je suis ta femme.
- Mais, si bien, sûr, qu'est-ce que tu racontes ! Bien sûr que tu es ma femme !
- Comment ?
- Hein ?
- Comment, pourquoi, je suis ta femme ?
- Qu'est-ce que tu veux que je te dise. On est marié, à ce que je sache !
- C'est tout ?
- Heu… »

Maintenant, il lui fait pitié. Ce grand bretteur, cet amateur de joutes oratoires, ce tribun, est incapable de lui dire :
« Ecoute, non reste ! J'ai besoin de toi. Ne me lâche pas maintenant car je ne sais pas comment je vais m'en sortir sans toi. »

Dans cette tourmente qu'elle pressent et qui lui fait peur – peur pour lui – elle n'en aurait pas attendu plus. Mais même ça, il en est incapable. En fait c'est un grand mutilé.

Elle conclut : « Je vais appeler un taxi. Tu sais que ma mère est malade et qu'elle a besoin de moi…
- Tu veux que je te dépose à la gare ?
- Non Charles, tu as fort à faire avec tes embrouilles »

Elle attend un peu qu'il lui demande si elle revient, quand elle va revenir, si elle va revenir un jour. Mais rien ne sort de sa bouche. Alors elle tourne le dos en silence.

Il la voit disparaître et un pressentiment lui balaye l'échine : « Je suis fini. »

Piteux, le pas lent, le dos voûté, le regard au ras du trottoir, Paul Gredin rentre chez lui. Sa femme dans le couloir se prépare à partir. Elle lui dit rapidement :

« Le garage a téléphoné pour dire que les gendarmes ont ramené la carte grise. Il dit aussi que la facture a été payée. Je comprendrais décidemment jamais rien à tes histoires. Mais t'en fais une tête. Tu devrais être content, tout est réglé. »

Il lui donne le journal d'un geste las. Elle y jette un œil puis siffle :
« Pffff ! Ils t'on pas loupé !
- Je suis foutu !
- N'exagérons rien. Disons que t'es pas beau à voir, c'est tout. T'inquiète pas dans huit jours les gens n'y penserons plus. »

Mais devant sa mine défaite, elle repose son chapeau sur l'étagère et sait qu'elle doit s'occuper un peu de lui.
« C'est facile pour toi. C'est pas toi qu'est pris en photo ! Et en plus y'a l'article. Non j'suis foutu !
- Qu'est-ce que tu avais besoin aussi d'aller raconter ton histoire à un journaliste. Tu sais bien commet ils sont ces gens-là !
- Je voulais me venger de ce type, ce Saint Colomb de m…..
- De qui ?
- Saint Colomb, le député.

Figure-toi que ce type qui me rentre dedans est LE notable du coin. Comme il veut pas qu'on sache qu'il se trouve à cet endroit, il invente toute une histoire avec l'aide de la gendarmerie et moi je me retrouve à l'hôpital. Et maintenant, on traîne mon nom dans la boue !
- Allons, ne dramatise pas veux-tu ? Tu peux faire rétablir la vérité à ton profit, obtenir un démenti, laver ton honneur.

Mais je ne suis pas sûr que tu y tiennes tant que ça ?
- C'est çà, ça va être de ma faute maintenant !

- Paul, je peux te parler franchement ?
- Bien sûr. D'ailleurs, est-ce que ça t'est déjà arrivé de ne pas le faire ? Avec toi c'est cash. On sait tout de suite à quoi s'attendre. Y'a pas de sous-entendu, pas de message caché. C'est direct !
- Des fois j'y mets un peu plus la forme mais écoute Paul, j'en ai marre de t'entendre raconter comment tu vends des appareils à des femmes qui n'en ont pas besoin. J'en ai marre que tu fasses un boulot de baratineur, Paul. Et si tu avais un rapport vrai avec les gens, tout ceci ne te serait probablement pas arrivé.
- C'est ça, bisounours, tout le monde il est beau, tout le monde il est gentil…

- Pas du tout, c'est au contraire le bon sens même. Si tu avais un rapport de sincérité et de vérité avec les gens, tu ne te serais pas laissé mener par le bout du nez par ce type. Tu aurais senti quelque chose de louche et tu serais resté ferme. Tu aurais pu chercher des témoins, attendre la dépanneuse téléphoner à la gendarmerie.
- La gendarmerie parlons-en …
- Là aussi, au lieu de patienter et de faire comprendre de manière ferme au gendarme qu'il était d'en l'erreur, l'écouter attentivement pour savoir comment te défendre et éventuellement ensuite porter plainte, t'as dû t'énerver, vouloir lui river son clou, je te connais Paul.
- Attends, ça faisait trois heures que j'y étais…
- Quant à l'affaire du journaliste, tu t'es toi-même mis dans le pétrin.
- Ouiais, ohhh…

- Je ne te fais pas de reproche, Paul, je voudrais enfin que tu comprennes à quel point dire la vérité c'est important.
- Je sais pas faire… voilà, c'est plus fort que moi. Faut que je brode, faut que j'invente. La vérité plate m'ennuie, elle est insipide, vide, mortelle.
- Ah bon ?
- Regarde tous nos amis. Qu'est-ce qu'ils aiment chez moi ? C'est quand je leur raconte des histoires. Et au boulot. Je suis le numéro un de la vente. Tu crois qu'en disant la vérité les gens vont m'apprécier de la même manière ? Pas du tout, ils vont me fuir, oui !

- Tu es quelqu'un qui a beaucoup d'imagination, Paul. Tu trouves toujours des solutions à tout. Tu es quelqu'un de formidable. Pas qu'avec les mots, d'ailleurs. Ton humour ne disparaîtra pas, ton à-propos, ta pertinence ne disparaîtront pas même si tu ne mens pas. Mais ce que tu diras, comment tu vivras, deviendra beaucoup plus riche, beaucoup plus convaincant parce que ça sera vrai.

- Tu me fais rire toi. Depuis que je suis tout gamin, je me tire d'affaire par des mensonges. Tu n'imagines pas le nombre de situations critiques que j'ai évitées en mentant. La vérité me fait peur, je me sens tout nu devant elle. Je me sens faible et j'ai l'impression que je suis vulnérable et sans défense.
« Bel aveu, mon amour. Tu vois que ce n'est pas si difficile. Moi, je t'aime et je te soutiens.
Tu n'es plus un enfant démuni tu es un adulte et je te connais assez pour te savoir plein de ressources, pour te protéger contre les coups du sort.

- J'espère que tu dis vrai. »

AMOURS

J'ai rendez-vous avec elle. J'y pense depuis une semaine, depuis ce moment, léger comme un souffle de mai parfumé d'acacia, où elle m'a dit : « D'accord. À vendredi !» Mes veines rétrécissent, mon sang cavale pour hâter ce rendez-vous, mon cœur pompe, pompe pour absorber l'augmentation de la pression artérielle palpable.

Dès le réveil, ma première pensée actualise le compte à rebours, et relance ce mélange délicieusement atroce d'émerveillement et de tension. Cela fait si longtemps que j'espère ce moment. Si longtemps que je scrute dans chaque femme l'étincelle légère d'intérêt et de convoitise, promesse de félicité.

Je l'ai trouvée, cette inconnue qui ouvrira pour moi un sens à l'avenir, un goût d'intensité. En quelques mots, elle est devenue mon unique espace de rêve, mon cyclotron intérieur, mon tapis roulant mécanique où fuient les pensées comme des voyageurs pressés.

« Il faut que j'arrête de rêver, je vais être en retard ! »

J'accélère un peu le pas sous l'injonction d'une conscience si malmenée ces jours-ci. Sa voix de raison se perd dans le brouhaha tumultueux des mots qui envahissent ma tête, des mots qu'elle m'inspire, des idées qu'elle génère, des situations que j'invente où je suis avec elle.

Alors, dans mon corps se lève un grand champ de blé. Des vagues d'émotions impriment sur ma cornée des délices d'amour, je dérive dans un rêve tremblotant comme une baie heureuse flageole sous les tropiques. J'ai la passion d'elle !

Un crissement de pneus et une trombe sonore aiguë comme une grosse aiguille de son m'arrachent à mon rêve : J'ai traversé au vert. Le pare-chocs chromé d'un quatre-quatre impeccable s'arrête à quelques centimètres de ma jambe gauche.

De l'autre côté du pare-brise, le visage rosi, barré d'une moustache épaisse d'un quinquagénaire furibond m'invective. Ses lèvres s'agitent démesurément. Ses yeux roulent comme des billes ivres tandis que ses mains agrippent le volant de stress et d'indignation.

Je devine que derrière sa vitre de silence, à la peur d'avoir renversé un homme s'ajoute la sentence morale qu'impose le non-respect des règles basiques de circulation, sans lesquelles aucune vie en collectivité n'est possible. Il vitupère tel un camelot qui argumente avec colère comme si l'incantation de ses principes bafoué, suffisait à entretenir le sentiment de sa citoyenneté.

Il démarre dans un crissement rageur. Ses épaules massives qu'efface le reflet laiteux de la vitre arrière, semblent porter le poids d'une hargne congénitale.

Je suis arrivé à l'endroit du rendez-vous. Un bouquet multicolore à la main, j'attends, un peu tremblant que sa silhouette se profile sur le trottoir.

Je me demande comment elle va s'habiller. J'ai du mal à contenir mon émotion ; et si je n'étais pas à la hauteur ? Vais-je trouver les mots pour lui dire tout ce que je veux lui dire ? Mille fois, j'ai déroulé cette scène dans ma tête.

Le mieux est que je l'invite à boire un pot. La conversation pourrait être anodine, banale. Après, nous irions au restaurant : je m'intéresserais à elle, je lui poserais des questions, je lui montrerais que sa vie m'est importante. Je crois que les femmes apprécient beaucoup l'écoute. Au dessert, je pourrais lui parler du sentiment que j'éprouve. Après…à la grâce de Dieu comme on dit.

Je regarde l'heure. Tiens, elle est en retard ! Il paraît que les femmes aiment se faire désirer. Ce n'est pas grave, nous avons toute la soirée pour bavarder et peut-être plus qui sait ? Mais est-elle libre ? Je ne le sais même pas. C'est vrai qu'elle est secrète ! Probablement, sinon elle n'aurait pas accepté mon invitation. Elle doit bien se douter de quelque chose. Et si elle me proposait simplement une nuit sans lendemain ? Je ne crois pas. Elle ne doit pas être comme çà … !

Les lumières de la nuit envahissent peu à peu la ville, tandis que pâlit celle du jour. Tout à son désordre intérieur, il n'a pas remarqué que le soir bascule dans sa gangue d'ombre et de fraîcheur.

Mais qu'a-t-il vu, perçu du monde depuis que l'amour a revêtu pour lui les traits d'une inconnue croisée par hasard ? Elle ne viendra pas à son rendez-vous car elle n'a accepté son invitation qu'à cause de l'insistance qu'il y a mise.

Il entretiendra un peu le souvenir de ce visage, promesse d'un rêve millénaire de tendresse, de chaleur, de partage, posé sur sa solitude amoureuse comme un oiseau chatoyant sur une branche malade et ce fantôme suffira un temps à remplir son vide.

Dans les transports en commun qui le ramène chez ses parents, son esprit balaye des foules d'idées noires. Il y compulse les plaies habituelles des rendez-vous manqués, se dit qu'il n'a pas de chance, pas d'attrait. Il s'imagine en condamné comptant les nombreux refus de grâce que lui a posés l'amour.

Une langue de tendresse lèche ses plaies comme ferait un chat aventuré dans un marais. Mais dans l'immédiat, il n'a pas tant besoin de cicatriser. Ce qu'il cherche pendant cette toilette féline est plutôt le goût des secrétions sanguinolentes et lymphatiques qui mettent sa peine en exergue, la rendent importante, vitale.

Dans la douleur il existe un peu ; malgré tout, il échappe à la platitude de l'existence. C'est encore préférable au morne défilement des heures fades.

Sur la vitre du bus, des gouttes profilent des diagonales irrégulières. A travers ce filtre grossier, les lumières rouges et blanches de la circulation se brouillent, s'épaississent, s'entourent de halos.

Quelques klaxons rappellent aux impatients ou aux distraits qu'ils sont pris dans les cycliques bouchons de sortie du travail. Sur le trottoir des passants affairés tracent des trajectoires impeccables, calculées à l'avance, tandis que d'autres, comme des papillons de cette nuit tombante, volètent de vitrine en vitrine et s'agglutinent derrière leurs formes colorées, pailletées, chromées qu'il distingue vaguement du bus.

La journée patine dans la mise en place de sa fin ; elle peine à ranger dans leurs boîtes attitrées, maison ou appartement, ses voyageurs du jour qui s'assoupit légèrement dans le ronronnement épais du trafic routier.

Derrière la vitre froide, il ne voit rien qui pourrait lui faire oublier son Rêve immense.

Des jours, il cultivera le sentiment de son infortune, il brassera un gravier épuisé sur la plage millénaire des regrets, du sentiment d'abandon, du songe.

Puis, il y aura un nouveau matin, une énergie intacte ; un matin de regard neuf quand ses cellules rafraîchies appelleront la vie comme une couvée d'oisillons pépiant vers leur pitance.

Une joie, un allant, juste repassé comme des habits de fête attendant sur le dossier d'une chaise, l'arracheront au lit d'hier, dans ce besoin de parcourir et de conquérir le monde si propre aux jeunes gens.

Dehors, l'ai exalté d'une matinée parfumée d'optimisme, vêtue de toutes ses dimensions – quand le moindre détail aperçu mille fois, sort du cadre de l'habitude, révèle la richesse de son ouvrage - aspirera ses molécules dans cet amour inouï de la vie que tout métabolisme ressent quand il s'oublie.

Qui n'aime ces moments où la virginité du monde transparaît derrière les traits lassés des jours ordinaires ; qui ne se sent uni à elle, être du grand monde, particule irradiante de vie dans cet instant souverain de fusion avec le Tout.

Là, il se sent traversé par un flux d'énergie communicante. Il remarque les sourires, la fine complexité des chatons des arbres, le travail minutieux des frises de pierre, soulignées par des gouttières, la lourde expérience qui saillit sur les visages anciens en plis barrant le front, poches soupesant les yeux ou parenthèses encadrant la bouche.

Quelques heures, quelques jours, cette unité avec tout ce qui l'entoure prolongera sa sérénité. L'innocence, la spontanéité, la fluidité le traverseront et le lieront dans une douce et ténue complicité aux êtres et aux choses du monde, comme un fait muet, délicat mais irrémédiable.

Mais souvent les êtres masculins trouvent cette sensation évanescente sans consistance et sa douceur sans saveur. Ils s'aiment compacts ; s'imaginent forts en dur.

La citadelle de la possession qui tremblotait en lui dans l'air léger comme un mirage sous le soleil, affirme son architecture calculatrice, précise ses contours de convoitise, plombe la réalité de son poids de besoin.

Ça commence par hasard : le sourire pulpeux d'une femme aux lèvres brillantes, l'échancrure d'un corsage dévoilant une parcelle de buste bombé, troublent ce mariage au Tout.

Une légère intention, pas plus insistante que la chute d'une plume, caresse ses sens. Le besoin, jusqu'alors réduit au nécessaire, se réveille, frémissement imperceptible, tentation timide qui gratouille sa porte de chair.

S'il résiste, souhaitant prolonger sa sensation d'insouciance ou inquiet de la tension ou de la souffrance sur lesquels fréquemment s'échouent ses envies sexuelles, l'intention tapie au creux de sa mémoire, se terre apparemment innocente, à la façon d'un fauve repu.

Quand aucun être féminin ne lui sourit, sa vie lui paraît orpheline de soleil. Quotidiennement, il a besoin qu'une femme le regarde, lui accorde de la considération, se penche sur son sort. Alors, un bonheur éphémère comme une brassée de paille enflamme son cœur, réchauffe sa solitude affective.

Aussi, ne résiste-t-il jamais longtemps ; silhouettes, parfums, ondulations de la démarche ou de la chevelure attisent ses cellules sevrées d'une chaleur agréable. Il aura envie de susciter encore ce léger plaisir des sens qui donnent un goût de canicule aux heures. L'intention de possession et de jouissance s'étire alors et vient lécher sa biologie comme une douce marée caresse la mangrove.

Son regard se fait furet ; il cherche dans les corps qu'il croise la source ravivée de sensations agréables. Ses yeux plongent au-delà des chemisiers, traversent le coton des tee-shirts, suivent le tracé des formes, épousent les contours des organes voulant dans cet inventaire raviver un feu couvant.

Mais cette démarche a son revers. Les femmes ne sentent-elles pas son intention à travers son regard appuyé ? Elles semblent se méfier, se raidissent à son approche, déploient une froideur ou une nervosité qui tue son ardeur. Rentré chez ses parents bredouille, il cache mal son naufrage derrière une prétendue fatigue de travail.

Les lendemains de ces débâcles, s'étirent lentement dans une succession d'occupations ennuyeuses. Il ne parvient pas à s'intéresser au défilement des heures qu'il bourre avec formalisme de tâches, d'obligations professionnelles.

Une langueur collante ralentit la progression des aiguilles comme si chaque seconde devait s'arracher à la résistance d'un cadran poisseux.

Sa tristesse étouffe tout. Elle épaissit le sang. Elle ceint son esprit d'un étau rêche. Ses yeux rampent ; il se sent petit, honteux, laid et doute qu'aucun regard féminin ne puisse lui envoyer la moindre sympathie le moindre message de désir.

Tristesse, nostalgie ? Sentiments qui s'installent sans crier gare pour un regard détourné, pour un refus de dire oui.

Elles l'envahissement lentement et l'évidence de sa banalité ou de son inutilité le submerge et le jette infirme dans le grand mouvement automatique de la vie courante.

Mais que, parties derrière une frange châtain, deux noisettes brillantes se posent sur son visage ; que d'une femme qu'il laisse passer ou à qui il ouvre une porte, s'envole des lèvres grenat un sourire ou que sa joue recueille avec dévotion un bonjour féminin, de grandes ailes soulèvent vers quelque oasis, la carcasse des heures.

Les femmes le regardent. Pas pour la beauté de ses traits, ni pour la virilité qu'irradient certains hommes mais pour un mélange juvénile et angoissé qui sourd de sa personne, auquel sont sensibles beaucoup de mères potentielles.

Il ne l'a pas compris et cela suscite d'énormes méprises. En phases optimistes de son mental, il se croit séducteur alors qu'il crée simplement un besoin maternel de protection qu'elles refoulent dans l'urgence quand il se transforme en petit coq à la crête naissante, se prenant pour l'élu d'un cœur.

Comme beaucoup d'êtres masculins que la vie dépose à moitié adulte sur le banc des devoirs et des obligations, il ne peut vivre sans drogue féminine. Il faut qu'il les regarde, qu'il leur parle, qu'il s'en approche.

Lui, par certains côtés si introverti qu'un mot de trop fait refluer dans une solitude douloureuse, violente ses os, secoue sa chair pour consommer sa dose quotidienne, pourvue qu'elle fut pubère et qu'il puisse s'enivrer d'une promesse d'amour.

Cette complexité n'est pas passée inaperçue d'une jeune voisine. L'étrangeté de sa personnalité l'attire. Le comportement du jeune homme sort de ceux que les jeunes garçons aiment mettre en avant.

Elle déploie des trésors d'imagination pour le rencontrer, rêve de se trouver au même moment, au même endroit, espérant qu'il l'aborde. Elle a son âge. Les pavillons de leurs parents se font face, les fenêtres de leurs chambres respectives sont vis-à-vis. Qui sait ce qui se cache derrière les rideaux dentelés ?

Elle guette le moment où il va promener le chien, part ou rentre du travail. Ce n'est pas si facile, ils n'ont pas les mêmes horaires. Il travaille, elle poursuit encore ses études. Elle doit aussi compter avec des parents stricts qui ont sur les relations entre garçons et filles des idées pas très neuves.

Sortir après le repas du soir lui est impossible. En général elle part à la fac bien après qu'il ait quitté le domicile familial. Elle doit absolument opérer en toute discrétion si elle ne veut pas que son manège soit repéré ce qui menacerai le peu de liberté chèrement conquise.

Finalement, sa ténacité est récompensée. Le père du jeune homme, apprenant que les parents de la jeune fille veulent commander une nouvelle gazinière leur propose de les dépanner car ils n'ont ni voiture ni permis. Pour le remercier, ils invitent la famille du jeune homme à prendre l'apéro. Dans le petit jardin, autour d'une table garnie de boissons et d'amuse-gueules, la conversation entre adulte ne tarde pas à foisonner.

Entre les deux jeunes, c'est plus compliqué. Ils sont timides et en dehors du travail et des filles, lui n'a pas beaucoup de sujets de discussion. Mais elle le questionne et ce soudain intérêt pour sa personne l'encourage à se raconter. Il perçoit la possibilité d'une liaison et devient attentif.

Autour de la table, la conversation dérivant vers des propos réservés aux adultes, les jeunes gens sont priés d'aller écouter de la musique dans la chambre de la jeune fille.

Les voilà tous les deux seuls, gênés d'abord de cette intimité. Assez rapidement, ils trouvent des sujets d'échange surpris de cette fluidité entre eux.

La séparation approchant, il lui demande s'ils peuvent se revoir. Elle se transforme en pivoine, bafouille une vague promesse. Ils se quittent le cœur léger, bourré d'espoir.

Ce moment de grâce va être la source d'un flot intarissable de rêves. Jour et nuit, il imagine leurs aveux, leurs baisers,

leurs ébats et cette activité génère des vagues d'émotions et de désirs.

Après le travail, il ne traîne plus sur les trottoirs de la ville avide de renouveler sa boîte à fantasmes. Il rentre tôt et file dans sa chambre espérant l'apercevoir à travers les rideaux. Il ouvre alors sa fenêtre soudainement et fait mine de la découvrir.

Quand il ne la voit pas, il campe derrière les rideaux, échafaude des situations qui entretiennent ses braises et lui font croire qu'il est amoureux.

Le week-end, il n'est plus le même. Les copains de virée nocturne ont du mal à le reconnaître. Lui toujours le premier à courir en boîte pour draguer, semble avoir perdu le feu sacré. Ils l'interrogent, mais restent sur leur faim. Sans doute le jeune homme pense-t-il que dire : « Je suis amoureux de ma voisine » dévaluerait cet héroïsme dont la bande aime saupoudrer les récits de ses conquêtes.

En semaine, quand les volets de sa voisine sont fermés – signal qu'il ne la verra plus – la pitance exotique qu'il va chercher sur Internet, lui paraît fade en comparaison des images qu'il fabrique et font exploser sa chair.

Un jour, on lui offre deux invitations gratuites pour un « Salon du bien-être ». A peine sont-elles rangées dans son portefeuille, qu'il échafaude un plan pour y inviter l'élue de son cœur.

Première étape : Le père étant inaccessible, rencontrer la mère. Il suffira qu'il la croise dans la supérette du quartier. C'est facile elle y va toujours aux mêmes heures.

Deuxième étape, la convaincre. Dans un magasin, il est facile de parler hygiène alimentaire. Pas besoin d'une connaissance particulière c'est un thème qu'on entend partout. Sur le chemin du retour, il lui porte son cabas. Comme espéré, elle abonde dans son sens.

Troisième étape, conclure : il glisse innocemment : « Ça me fait penser que j'ai deux places pour le salon du bien-être qui se tient jusqu'à dimanche… » et lui laisser dire : « Vous pourriez y aller avec ma fille. »

Les jours que le séparent de l'événement sont horribles. Son impatience tire sur l'inertie des heures comme un cheval attelé à la souche d'un arbre. Pour passer le temps, et aussi par peur que sa flamme ne s'épuise, il ressasse manœuvres d'approche et scènes d'amour qui épuisent son mental.

Enfin, le dimanche arrive. Sur le chemin de la gare, il virevolte, plaisante, fais les demandes et les réponses.

Elle n'est pas habituée à ce traitement et met cette attitude sur le compte de la passion. Lui a l'impression de révéler une nature passionnée qui le grise.

Dans la rame de transport en commun elle n'ose trop rien dire, le laissant en faire des tonnes. Lui est ivre de son extraversion, se voyant déjà poser ses lèvres sur les siennes.

Dès l'entrée du salon, n'y tenant plus, il lui prend la main. Elle retire la sienne aussitôt et se raidit. Il se dit : Bon, c'est pas gagné ! » Mais il n'imagine pas réfléchir à ce qui l'anime, se demander comment elle voit leur relation.

Ils déambulent dans les allées. A chaque stand où ils s'arrêtent, il ne peut résister au besoin de passer son bras autour de sa taille. Elle se dégage à chaque fois avec un malaise croissant. Il commence à se sentir sérieusement dépité. Il décide de jouer son va-tout : dès qu'il a l'occasion il se colle à elle et tente de l'embrasser. Elle le repousse et se sauve.

Comme un fou, il la cherche partout. Il la retrouve quand elle atteint la sortie. Sans dire un mot, ils quittent le salon. Le retour se fait en silence.

Il ne reviendra pas sur le déroulé de cette journée. Il ne cherchera pas à comprendre la raison de ses échecs successifs. Il ne s'interrogera pas sur la psychologie féminine. Il épurera son souvenir de tout ce qui fera pâlir son rêve d'un amour impossible.

HAINES

Il flotte avec délice dans l'espace incertain entre rêve et pensée, plus tout à fait endormi mais pas complètement réveillé. Comme chaque matin, depuis qu'il a pris la décision de venir, il fouille au fond de lui pour retrouver le chemin de la jubilation fébrile qui grandit à chaque réveil.

Aujourd'hui, le moment est là, juste à sa portée ; il lui suffit d'ouvrir les yeux pour que la fête commence.

Ce qu'il fait. Une sensation indéfinissable, que seuls savent infuser les matins clairs, entre en lui, illustré par les lents ballets des particules éclairées dans la chambre traversée par d'obliques raies de lumière,

Il se lève, ouvre la fenêtre et repousse les volets d'un bras, protégeant de l'autre ses yeux de l'éclat du matin inondant la pièce. La rue bruisse comme un jour de foire. Ah, cette journée s'annonce magique !

Il enfile ses mules, lisse sa chemise de nuit puis saisit le broc de faïence, qui attend sur le meuble de toilette appuyé contre un mur.

Il n'a pas un regard pour cette large vasque de porcelaine décorée de motifs floraux, posée sur un piétement en marbre rouge du Languedoc. Un fronton en bois cintré où trône une glace biseautée aux angles artistiquement soulignés par des entrelacements de fleurs, rehausse l'ensemble.

Il s'appuie sur le marbre froid. Le miroir lui renvoie l'image familière d'un chaos de cheveux. Sa tignasse raide et touffue se disciplinerait mieux avec un bonnet de nuit mais il ne supporte pas sa tête ainsi couronnée de blanc.

D'ailleurs, les têtes couronnées ne sont plus dans l'air du temps pense-t-il avec un petit ricanement.

Après une courte toilette, il s'habille. Passée l'ample chemise de coton aux poignets ouvragés, il arrange son jabot de dentelle, ajuste les bretelles et la culotte, enfile sa redingote et s'assied pour chausser les bottes assorties. Puis, saisissant délicatement son chapeau de deux doigts, tout en faisant tourner de l'autre main sa canne, il ouvre la porte des doigts vacants.

Deux étages le séparent de la salle à manger. Une odeur de pois aux lards flotte partout. Au rez-de-chaussée, l'animation qu'on pressent dans les étages achève de convertir à la journée les derniers endormis.

Partout, gens de cuisine, lavandières et apprentis semblent s'interpeller et se répondre, plaisantant vivement sur les campagnards empesés, descendus dans l'établissement.

On l'a mis en garde contre l'atmosphère caustique de la ville mais il n'y prête aucune attention. Se sachant de belle apparence, il prend les plaisanteries faites sur son passage pour des manifestations d'admiration.

Il s'installe parmi d'autres, déjà accoudés à une table de chêne longue et massive. Arrive une assiette fumante plantée d'une cuillère de bois. Il mange de bon appétit, faisant attention à ne pas tacher ses habits neufs. Puis il sort.

Pour un villageois, la ville est une ébullition. De hautes charrettes transportent en tous sens des madriers, de grands paniers de légumes, des amas de linges, des sacs d'osier remplis à craquer... Partout, on entre et sort sans ménagement.

D'échoppes, refluent des bruits et des odeurs de travaux. Des crieurs de rue vendent toutes sortes de boniments. De grandes feuilles placardées sur les murs appellent les habitants à la vigilance face à l'ennemi intérieur.

Malgré l'heure matinale, des tavernes, sortent des panaches de fumées, des bribes de discours, des éclats de rires et des corps pressés. Aux coins des rues surtout, mais aussi çà et là au-dessus des porches, des statuettes mutilées, décapitées, trônent inutiles, enchâssées dans des niches de pierre.

A mesure qu'il s'approche de la place, la foule devient plus dense et sa progression se ralentit. Femmes et hommes en habits de fête, sortent des venelles obscures et grossissent ce qui représente déjà un cortège de spectateurs. Certains commentent l'actualité avec des gestes désordonnés. D'autres, déjà très agités, se conditionnent à l'ambiance du spectacle à venir.

Au détour d'une artère, il arrive enfin sur le lieu de l'événement. Un mur d'habits aux teintes sombres et de robes colorées l'arrête. La place est noire de monde mais il peut apercevoir la plateforme centrale surélevée sur laquelle tout se passera.

Les discussions vont bon train. Malgré l'interdiction des jeux d'argent, des hommes parient en cachette. De temps en temps, les petites tailles se lèvent sur la pointe des pieds, des regards se détournent de leurs vis-à-vis pour scruter l'arrivée du cortège.

Des porteurs de boissons frayent difficilement à leur fontaine de cuivre un chemin à travers la foule pour proposer leur rafraîchissement. Quant aux marchands de viandes rôties, sous les arcades bordant la place, il leur suffit que la brise porte aux narines des spectateurs, le témoignage odorant des cuissons.

De l'autre côté de la place parvient un bruissement sourd qui se répand comme un vol tourbillonnant d'oiseaux, éteignant progressivement les conversations et attirant tous les regards. Puis, le brouhaha se transforme en cris.

D'abord il n'entend pas bien ce que la foule jette aux condamnés. Mais, à mesure que la première charrette se rapproche du centre de la place, il perçoit, aux insultes qui lui font comme une escorte, la colère des gens massés sur le passage.

« A mort, les traites. On vous fera la peau, assassins. Affameurs... » une haine toute fraîche déforme les mots qu'il devine plutôt qu'il ne les entend.

Il ne voit d'abord que des bustes branlants, secoués par les cahots de la charrette sur le pavé. Les chemises blanches, fripées, salies ne contrastent pas avec la pâleur des visages mais nimbent d'une étrange majesté les visages.

On sent certains condamnés transpirer de peur. Chez d'autres, l'horreur fait rouler les yeux hors de leurs orbites, préfigurant les déformations de la pendaison.

La première charrette s'arrête au pied de l'échafaud. Un homme habillé de noir avec un chapeau de forme allongée qui lui mange le visage, prêtre, juge ou idéologue, est déjà sur la plateforme, s'apprêtant à lire un discours.

La foule, sans doute coutumière de l'exercice, semble en faire peu cas. Ce qu'elle attend, ce sont les mises à mort. Les mots ne peuvent la satisfaire.

L'homme déploie un parchemin et énumère une vingtaine de noms, auxquels il accole le même crime : « ennemi de la patrie » et une sanction : « la pendaison ». Tout est bien réglé et se déroule sans aucune émotion. Puis il roule le parchemin entre ses doigts, le glisse dans une grande poche, puis, fixant la foule, dit d'une voix forte :

« Qu'ils l'apprennent, les ennemis du progrès et de la patrie, qu'on ne défie pas ainsi ses enfants sans s'attirer le courroux de ses légitimes représentants et recevoir un châtiment exemplaire ! Qu'ils tremblent, les traîtres, tous ceux qui complotent dans les officines occultes du dénigrement des forces vives, qui sabotent les acquis de la révolution, qui propagent des rumeurs assassines... »

Mélangée aux bruits de foule, la litanie ne lui parvient pas distinctement, Elle est faite des mêmes mots, partout et toujours prononcés face aux gêneurs sur qui l'on reporte facilement les échecs des régimes excessifs.

Mais la foule commence à trépigner, s'impatiente. Elle n'est pas venue écouter des discours. On la sent agitée, traversée de mouvements électriques et de mots d'esprit comme un grand champ d'hommes sous le vent.

Les habitués se sont très tôt placés aux premiers rangs d'où ils pourront se délester des fruits pourris apportés pour l'occasion. Les plus proches, malgré la distance, s'essayeront certainement aux crachats.

« A mort, à mort ; pendez-les ! » crie-t-on çà et là.

Son discours achevé, l'homme disparaît dans l'escalier. Un temps d'attente, de flottement puis les tambours se mettent à battre. La tête d'un homme émerge, suivie de plusieurs, tous entourés de gardes.

Il a réussi à se faufiler jusqu'aux premiers rangs. Maintenant, il voit nettement la sueur couler sur la gorge ouverte des condamnés, leurs cheveux collés sur le visage, malgré la fraîcheur matinale. Au début, il n'ose rien dire. Puis, timidement, il se met à suivre son voisin de gauche qui crie :

« A mort... à mort... à mort ! »

C'est d'abord une sorte de râle inaudible, volé à sa timidité. Au bout de quelques essais, il s'enhardit : "A mort, à mort !" Avec plus d'assurance, une sensation délicieuse partant de sa poitrine se diffuse dans tout son être :

« A mort les assassins, à l'échafaud les traîtres. A la potence, les ennemis de la patrie ! »

Au milieu de cette foule dont la frénésie monte régulièrement, il découvre une complicité surprenante.

Petit à petit, à la sensation délicieuse douce comme une libération, se mêle le dégoût pour ces hommes que l'on conduit à la mort.

Il se laisse aller à crier, emporté par la foule qui ne fait plus qu'une, grand corps mû par la vengeance ; vengeance de tant d'humiliations accumulées depuis tant d'années, qu'elle croit laver aujourd'hui.

Au-dessus de lui au bout d'une corde, pendent des corps, aux têtes déformées. Ils sont horribles comme des conspirateurs.

Régulièrement, les roulements de tambour annoncent d'autres pendaisons, auxquelles répondent d'immenses éructations de la foule, faites de centaines de cris, que des centaines de gosiers jettent à la face de leur misère.

Le ballet funèbre se poursuit toute la journée sous le soleil implacable. L'arrivée des charrettes, la lecture des sentences, la montée des condamnés, les cris de la foule, les corps qui se déforment...

Il est pris dans une mécanique infernale, devenu un de ses rouages, faisant corps avec elle. Il hurle, crache, tempête, participe à cette grande messe de la frustration

A mesure que passe la journée, une gigantesque haine nait en lui. Il croit l'expulser par les vociférations et les crachats mais elle renait de plus belle, vigoureuse comme un jeune fauve, plus noire en dedans de lui que la suie.

Comme si toute la vengeance de la foule a trouvé à travers ce corps jeune un conducteur idéal. Avant de rejaillir sur les condamnés, elle tourne en lui, fouaille chaque cellule, libérant une puissance absolue qui le déchire. Il est devenu rivière noire par laquelle s'écoule toute la haine du monde. Sentiment horrible, irrésistible qui a pris possession de lui.

Quand il reprend ses esprits, il marche dans une rue, droit devant lui. Il ne se souvient pas comment il est arrivé là. Il ne sait pas non plus où il se trouve.

Tout s'est prolongé tard dans l'après-midi. Comment a-t-il réussi à rompre le charme, la fascination qui l'attachait à la foule ?

Il se sent épuisé. Quelque chose flageole en lui, pas ses jambes. Il avance au hasard, flottant sur le pavé sans trajectoire déterminée.

Il y a moins d'animation dans ce quartier. Où est-il ? Il cherche sur les façades des détails qui lui permettraient de retrouver son chemin jusqu'à la pension.

Machinalement, il se retourne. Derrière lui, une vielle femme habillée de noir le dévisage. Sa peau est si ridée que son visage semble avoir été recollé de multiples fois.

Elle lui lance : « Alors, ça y est, vous les avez tous tués ?»

D'abord, il ne saisit pas bien sa question, ne voyant pas de quoi elle parle. Que veut-elle ? Il se sent las et n'a ni temps ni énergie à perdre avec une femme stupide.

Sans lui répondre, il se concentre sur son retour à l'auberge.

« Alors ça y est, vous les avez tous tués ? », reprend la vieille femme.

Pourquoi lui pose-t-elle cette question ? Qu'a-t-il à voir avec elle ?

Ah oui, elle parle des exécutions. Il est simplement descendu de son village pour assister au spectacle. Quel mal y a-t-il à cela ?

« Le goût du sang vous remonte jusqu'aux yeux. Vous êtes tachés intérieurement ». Son regard semble le transpercer.

« Vieille folle, je ne comprends rien à tes radotages. Va-t'en ou il t'en cuira !

- Vous feignez la colère mais ce qui vous habite en ce moment c'est le désespoir. Je vois en vous un vide immense. Ce vide qui habite les brutes après leurs excès. Ah, mon jeune ami, la vengeance est une mauvaise pente qui vous éloignera toujours plus de votre propre chemin !»

De quoi se mêle-t-elle ? De quelle vengeance parle-t-elle? Il n'a à se venger de personne. Certes, quiconque lui chauffe les oreilles, tâte vigoureusement de son bâton. Mais il ne se sent pas d'ennemi...

Doucement, comme un rideau flottant sur lequel s'incruste des scènes, lui apparaissent d'abord un peu mêlées, voilées, puis plus nettes, les images d'un jeune homme participant à un lynchage collectif.

Il se reconnaît, hurlant, invectivant, vociférant. Il se rappelle avoir applaudi aux pendaisons. Il a communié avec la foule, vibré avec elle au son des tambours, senti comme ses voisins, un goût bizarre dans sa moelle quand les trappes s'étaient ouvertes sous les pieds des pendus.

Doucement, la réalité entre en lui. Il fait nuit dans son âme.

La vieille femme insiste : « Il y en aura d'autres.

 Vous reviendrez communier aux séances de l'expiation nationale. Votre âme sera tachée à nouveau de la contemplation de la mort d'hommes et d'hommes.

A chaque fois quelque chose se cassera en vous et le vide agrandira son empire dans votre poitrine. Vous aimerez encore cette puissance de destruction où la foule noie ses malheurs et ses échecs.

Vous vous perdrez beaucoup, parce que vous êtes trop faible pour regarder en face vos fautes...

-Assez », hurle-t-il exaspéré par la justesse de ses propos. Il lève machinalement sa canne plus pour chasser la culpabilité que dans intention de la frapper.

« Arrêtez, mais arrêtez donc ! », crie-t-il avec un trémolo pathétique et presque grotesque tant sa gorge se serre.

La vieille femme lève un bras pour se protéger et recule mais dans ce mouvement elle trébuche et s'étend de tout son long.

Sa tête fait un bruit sourd contre le pavé où elle reste immobile. Une petite flaque, orange sous le soleil rasant, se met lentement à dessiner, à son côté, une auréole déformée. Il reste là, hébété, inerte, pendant un temps infini devant ce grand chiffon noir d'où dépassent seulement deux mains parcheminées.

Il se met à pleurer en silence tant de larmes retenues depuis si longtemps. Elles n'ont pas séché avec les années, vigoureuses et chaudes comme de minuscules torrents transvasant sur sa joue tant de regrets et de douleurs. Il ne peut s'arrêter, mû par un flot intérieur qui charrie sa vie négative.

A la vue de ce corps inerte, il comprend tardivement qu'elle figure sa propre conscience.

La foule s'est petit à petit agglutinée et commente le drame. Personne autour de lui ne semble affligé. La vielle dame n'avait plus personne pour la pleurer ou réclamer justice.

Et surtout, dans ces temps de révolution, toute vie est précaire. Aujourd'hui vous avez les faveurs de la municipalité, demain vous vous retrouvez au ban de l'opinion.

Ainsi va la vie des époques de crise où les principes en vigueur pendant des générations ont perdu leur rôle de moteur collectif et où les nouvelles manières de vivre n'ont pas éclos ; temps de doutes et d'incertitudes où les individualités sont perturbées et les populations plus malléables.

A travers sa tristesse, il perçoit ça, confusément, et comprend pour la première fois, que de grandes forces dépassent les hommes et influent sur leurs comportements. Ils croient maîtriser leur destin mais usent d'une volonté illusoire.

Il est brutalement interrompu dans sa méditation par deux mains qui le saisissent. Des policiers en civil l'entraînent dans une voiture tandis que des soldats dispersent la foule et que le corps de la vieille femme est chargé sans ménagement dans une charrette.

Il accepte cette brusquerie comme une punition nécessaire, pas trop inquiet pour l'avenir. Le visage fermé, patibulaire des policiers lui paraît comme un élément nécessaire au déroulement de ce qu'il perçoit comme une formalité. Leurs questions dures, leur attitude agressive il les met au compte de la procédure, convaincu que la thèse de l'accident prévaudra rapidement.

La voiture s'introduit sous un vaste porche et entre dans une cour fortement gardée par des soldats harnachés.

Des hommes vêtus d'uniformes ou du costume sombre des policiers s'agitent dans tous les sens. Certains traînent un prisonnier, déformé, ensanglanté, incapable de marcher. Il règne dans cet espace une ambiance de violence, de peur, d'extrême détresse qui agresse son optimisme.

Il passe une porte. A l'intérieur, il fait sombre. D'abord, il ne distingue que de vagues formes mais c'est l'odeur de déjection, de sang, de sueur, associée au fond de gémissement, percés par la fulgurance de cris de souffrance, qui l'accueillent et il tente de se rebeller voulant faire valoir qu'il y a une méprise.

Il reçoit une volée de coups et est jeté dans ce vaste cachot collectif où il atterrit sur une paille gluante et nauséabonde.

Quand il se redresse il se trouve au milieu d'une cour des miracles. Des yeux hagards le lorgnent de manière louche. Des regards de loup épiant dans la pénombre semblent attendre le moindre signe de faiblesse pour s'attaquer à lui.

Il se trouve dans un immense sous-sol au plafond bas formé d'une multitude d'alvéoles légèrement arrondies reposant sur de gros piliers autour desquels s'entassent des groupes bigarrés.

Chez certains les chuchotements ont l'allure de plan d'évasion. Chez d'autres la résignation et la lassitude voilent toute envie, d'autres encore se querellent âprement.

Des enfants en guenilles, visages et mains noirs commencent à tourner autour de lui avec une joie mauvaise mais un homme d'âge mûr intervient et les chasse avec une autorité sans agressivité qui le rassure.

« Ne leur en veuillez pas mais tenez-vous sur vos gardes. Ici ne dormez jamais seul si vous tenez à la vie. Mon groupe est quelque part derrière ce pilier. Vous pouvez vous joindre à nous. Sinon, ne fermez jamais les deux yeux en même temps ! »

L'homme reflue vers un endroit du chachot éclairé par la lumière blafarde d'un petite ouverture circulaire fermée par des grilles.

L'homme rejoint un groupe de personnes immobiles composé de jeunes femmes, de jeunes hommes et de quelques enfants.

A son approche, il ne reçoit ni bonjour, ni cérémonial inutile. Chacun ici garde ses forces pour le combat de la survie. Il perçoit dans les regards ni agressivité, ni peur mais une sorte de fièvre qui fait luire les pupilles.

Alors, la fatigue, la faim, le stress, grignotent ce qu'il lui reste de respectabilité et il s'effondre. Il tombe à genou, secoué d'énormes sanglots, traversé par des convulsions au milieu desquels d'incompréhensibles propos mêlent des excuses, des regrets, des explications confuses, des promesses et des cris d'innocence…

Puis quand son sac est vide il s'appuie contre un pan de pilier libre et ses yeux malgré lui se ferment.

Une clameur soudaine le réveille. Il y perçoit aussi des bruits divers qu'il assimile à des chocs. A travers les yeux encore embués, un spectacle dantesque le remplit d'effroi.

Un groupe d'hommes autour d'une énorme marmite distribue des écuelles remplies d'une pâte brune et plus encore de coups de fouets aux prisonniers amassés autour d'eux, dans un indescriptible chaos. Ils se battent, se bousculent, se poussent pour attraper l'assiette de bois dont le contenu se répand à moitié sur les épaules ou les cheveux des autres tant les corps sont imbriqués les uns dans les autres.

Au centre de la scène, une énorme marmite où un homme plonge une louche pour remplir les contenants, prestement passés à d'autres hommes qui les jettent, plutôt qu'ils ne les donnent aux affamés. A l'extérieur de ce cercle, quatre gaillards, munis de fouets frappent à tour de bras sur cette masse informe de dos obligés de se courber si elle veut recevoir sa pitance. Ce spectacle le glace et il se colle un peu plus au pilier. L'homme qui lui a déjà parlé lui dit :

« Il va falloir y aller si vous voulez survivre mais attendez mon signal ».

Il se retourne vers lui pour comprendre et constate que du groupe, tous se sont levés et forment une sorte de bloc au milieu duquel se concentrent les enfants. Ils sont prêts à bondir quand l'homme donnera le signal.

A mesure que le bras de l'homme qui sert la pâtée plonge plus profond, signe que la marmite se vide, la violence des prisonniers croît.

A un moment, deux hommes se battent violemment et provoquent une telle mêlée que tous renversent leur repas, et qu'une gigantesque bataille s'engage. Plus les prisonniers se débattent, plus la confusion se répand. Même les quatre fouets n'arrivent pas à séparer la masse des corps qui ressemblent à une gigantesque bête se tordant dans tous les sens.

Cette agitation libère un espace à côté de la marmite. Avant que d'autres l'investissent l'homme du groupe où il s'est réfugié crie : « Allons-y ! »

Tous se précipitent en quelques secondes les écuelles sont réparties, chacun reçoit sa part et avant que d'autre prisonniers ne se rendent compte du filon le groupe a regagné sa place.

Le nez dans son écuelle, une vague odeur rance s'échappe d'une espèce de boue brune. « Mange, lui dit l'homme. C'est infect mais tu dois manger ! »

Il réprime la nausée qu'accompagne chaque bouchée. Quand il a fini, il se joint au groupe qui organise sa nuit. Chaque adulte prend un tour de garde de deux heures. Le premier, celui où il y a le moins de risque, lui revient.

Dans la prison, les esprits se calment, les corps s'alanguissent, et s'allongent. Les va-et-vient diminuent. Les groupes organisent leur stratégie de protection.

Dans ce calme tout relatif, il a tout le temps de discerner dans la pénombre ce que sont ces enfants, ces femmes, ces hommes.

Il ne peut empêcher un flot de questions de l'assaillir. Qu'est-ce que je fais là, au milieu d'eux ? Que va-t-il m'arriver ? Et eux, pourquoi sont-ils là ? Qu'ont-ils fait ?

Est-ce qu'il y a des criminels parmi eux ? L'homme qui s'est occupé de lui s'assoit à ses côtés. Il s'attend à ce qu'il lui pose des questions et le sonde mais l'autre lui dit :

« Comment ne pas avoir pitié de tous ces pauvres bougres. Certains sont là depuis des semaines sans même savoir ce qu'ils ont fait.

- Oh quand même ils ne sont pas là sans raison, réplique-t-il puis il se rend compte que lui-même est enfermé arbitrairement.

- La raison dit l'autre avec calme, c'est la haine, la folie des hommes bousculés par des temps trop rapides où ils perdent leurs repères, leur sécurité, leur moyen de vivre et qui les poussent à envier, à convoiter le peu que leur voisin possède. Je suis sûr que la plupart sont l'objet de dénonciation anonyme. »

Mais le jeune homme a du mal à s'apitoyer sur ces animaux humains, ces bêtes, ces brutes qui n'hésiteraient pas à tuer pour une plâtrée infâme.

L'homme sent cela et continue :

« Vous les voyez maintenant comme çà mais au début ils étaient comme vous. Regardez bien cette justice des hommes qui transforment les hommes en bête. Vous-mêmes dans quel état serez-vous dans plusieurs semaines… Si vous êtes encore ici, ce qui n'est pas sûr du tout. »

Il s'attendait à ce que l'homme lui pose des questions, le teste mais il n'en fait rien et c'est lui maintenant qui éprouve le besoin de se justifier.

« Moi je suis là par hasard…

- Nous sommes tous là par hasard…

- Non… Je veux dire je n'ai rien fait qui mérite d'être traité ainsi !

- Et moi, vous croyez que je mérite d'être ici ? Être emprisonné pour ses idées vous croyez que c'est juste ? Pas des idées de sang, de violence, de désordre mais des idées de justice, de paix et d'amour.

Et lui là-bas, vous le voyez ce pauvre homme, si gros et si malade, vous savez ce qu'il a fait, lui ? Son crime est d'avoir possédé une boucherie que son voisin convoitait.

Le voisin qui est ici aussi d'ailleurs - voyons, où est-il, bon ça ne fait rien - parce que le commissaire qui a instruit la dénonciation a convoité à son tour le commerce et a fait emprisonner le dénonciateur.

Et celui-là, là-bas debout qui lit son bréviaire, C'est un curé qui a porté secours à un homme poursuivi…

- Mais il y a des tribunaux, des juges, des lois…

- Ah vous croyez ça ? Si vous rencontrez en quelques minutes un fonctionnaire qui vous énonce votre délit et votre peine vous serez un privilégié.

Finalement, ceux qui ont le plus de chance sortent assez rapidement pour être pendus. Les autres finissent par mourir ici, de faim, de tristesse, d'épuisement, de folie ou d'assassinat.

- Mais je ne veux pas mourir pour un crime que je n'ai pas commis.

- Je vous comprends. Mais si vous ne faites pas une raison, si vous ne remettez pas votre âme à Dieu vous allez terriblement souffrir. »

Non, ça n'est pas possible. C'est un cauchemar. Un rêve affreux qui va se terminer bientôt. Il lui suffit d'ouvrir les yeux et de se retrouver dans son village natal si loin des problèmes et des haines de la ville. Là où on croit encore à la justice des hommes.

Il a beau écarquiller les yeux, rien ne se passe. Le décor horrible de la prison ne veut pas disparaître.

Alors, fou de peur, il se lève traverse la cellule, bousculant des corps, marchant sur des bras et des têtes et se jette sur les grilles du cachot en criant.

« Je suis innocent, je suis innocent, je veux voir un juge. Je veux m'expliquer. Je veux m'en aller. Pitié, je suis innocent… »

Il crie ainsi, gesticule pendant de longues minutes, agrippé aux grilles, les secouant de toute la force de son jeune corps.

A l'intérieur du cachot personne n'a bronché. Tous ont déjà vécu cette scène plusieurs fois avec des malheureux incapables d'accepter leur sort et ils savent que la punition est encore plus terrible.

Au bout de quelques minutes, des soldats arrivent en courant vers les grilles où se pend encore le jeune homme et l'en détachent avec un coup de crosse habilement envoyé dans la mâchoire. C'est radical. Par la force du coup et la douleur le jeune homme tombe en arrière et hurle en se tenant le visage.

Combien de temps sa plainte, son râle ont-t-il duré ? La souffrance atroce, la fièvre, la fatigue, la détresse l'ont emmené dans la nuit à travers un délire à moitié inconscient.

Maintenant une lumière laiteuse peint les formes du chachot d'un voile pâle donnant aux ronflements, aux gémissements et aux chuchotements une couleur presque surnaturelle.

La grille du cachot s'ouvre. Un commissaire au large chapeau égraine une liste de noms. Des femmes et des hommes se détachent des autres et viennent se mettre en file indienne. Pour eux la délivrance est proche.

En dernier, le jeune homme est soulevé et soutenu par deux soldats qui ferment la marche de la file.

Dans la cour de la prison, des charrettes attendent. Le jeune homme est délesté de sa veste ce qui lui arrache des cris insupportables puis il est monté dans la première charrette, soutenu en partie par les autres condamnés. Le trajet sur les pavés est un calvaire.

Enfin ils atteignent la place noire de monde. Dans son inconscience il entend la foule haineuse hurler des insultes. Hier il était là et aujourd'hui ici.

Alors il comprend que ce n'est pas ni un destin implacable ni un concours de circonstances qui l'ont conduit jusque-là mais simplement l'absence de conscience propre, un grand vide intérieur, la soumission aux idées dominantes à qui il a laissé les rênes de sa vie.

BEAUTES

La chambre repose dans la pénombre. Un lourd rideau masque la fenêtre, laissant filtrer en son milieu une colonne irrégulière de lumière pâle, suffisante pour donner forme à quelques objets. La lueur du jour et les sons filants du trafic routier indique déjà le matin.

Il a peu dormi. Les yeux grands ouverts, il flotte dans une absence chargée des excès de la veille dont les effets tapissent sa boite crânienne d'une ceinture de plomb. Un malaise plus grand encore pèse sur son plexus.

Il se réveille une fois encore dans une chambre qui n'est pas la sienne. Combien de fois cela s'est-il produit ce mois-ci… ces derniers temps ? Il n'en a pas tenu le compte exact mais ses réveils chez de belles inconnues deviennent de plus en plus fréquents.

« Qu'est-ce qui ne va pas là-dedans ? » Alors que tant d'autres envieraient son sort, cette pratique lui laisse un sentiment de gêne. Ce n'est pas une question morale : Il ne croit ni à la virginité ni au mariage. Et puis ces jeunes femmes qui se jettent à son cou flattent son ego.

Non, il s'agit d'autre chose ; d'équilibre, de légèreté, de créativité. Ce rythme de vie a asséché sa joie de vivre et son imagination. Une tension brouillonne s'est introduite dans son quotidien qui a tari l'écriture de ses chansons. Il a perdu le contrôle de ses nuits et ce désordre a gagné les jours laissant dans son sillage un vide de plus en plus insupportable.

A côté de lui, une chevelure brune et soyeuse s'échoue comme une méduse de nuit sur un oreiller clair. Un bras de lait trace un angle charnel sur le drap rose. La respiration régulière de l'inconnue rythme le silence de la pièce. Qui est-elle ? Il se concentre sur cette question pour rassembler ses souvenirs récents :

Le groupe est arrivé salle W... en fin d'après-midi. Il a répété et mis au point les derniers détails. Le soir, le concert s'est déroulé à la perfection. Ça fait plusieurs années qu'ils jouent ensemble, se comprennent, se devinent. Leur qualité musicale est parvenue à une sorte d'apogée. Ils ont gagné en fluidité, mais leurs concerts ont perdu de cette intensité belle et sauvage qui subjuguait l'auditoire à leurs débuts.

Quand il a entonné : « Changing the world with music », une forêt de bras s'est levée, accompagnant ses paroles d'ondulations complices :

« *Réveille-toi, la musique et l'amour remplacent le pouvoir.*

Les yeux ouverts, le cœur en bandoulière, prend ta guitare.

Nos chants et nos baisers ouvrent une évolution

De Beauté, reine du monde que nous reconstruirons. »

L'ambiance est devenue fusionnelle. Ils ont repris le morceau en boucle pendant longtemps pour prolonger ce moment fabuleux ou la frontière entre musiciens et public s'évanouit, magie que rêve de vivre tout musicien et tout public.

Les deux mains agrippées au micro, son esprit s'est évadé, emporté par le flux chaleureux de sa voix, dissout dans la mélodie comme banc de brouillard sous le soleil.

Puis, il s'est élevé du bain musical aimanté par les effets spéciaux, les jeux de lumières colorées, ou métalliques. Il s'est étalé en fin nuage coloré dans la salle, épousant la vibration de bonheur au-dessus des têtes.

Les substances chimiques d'excellente qualité qu'ils absorbent avant chaque concert exacerbent sa sensibilité. Pour éviter l'accoutumance, ils varient les mélanges et le plaisir se renouvelle chaque fois. Pourquoi alors, augmentent-ils régulièrement les doses ?

Quelques heures après cette prodigieuse communion tout s'est remis en place. Ce moment hors du temps, dilué en une brûlante fusion, n'a finalement rien changé et, il doit en convenir, ils n'ont offert une fois de plus que la consommation d'une extase provisoire qui, en se figeant dans l'air nocturne, a rendu ce monde encore plus froid.

Le public se rêve créateur dans cette fusion. Il vibre avec les musiciens et tous ne pensent faire qu'un dans cette douce transe collective.

Mais le concert fini, chacun repart dans ses habitudes sans un regard pour les inconnus avec qui il a pourtant partagé ce long frémissement. Non, ce n'est pas cette beauté là qu'il veut offrir. Oui mais laquelle ?

Après quatre ans de musique, de répétitions, de concerts, tout a vieilli. L'habitude s'est insinuée partout. Elle a amolli l'élan de folle liberté que le groupe rêvait d'impulser.

Les répétitions qui se muaient en expériences créatrices, en séances d'audace musicale et vocale, partagées avec étonnement et complicité, se sont transformées en routines techniques pour peaufiner les concerts ;

ceux-ci, qui avaient enflammé des salles, se déroulent maintenant à la note près pour fidéliser le public ;

ce public qui avait grossi, dépassé le cadre des connaissances et des sympathies locales, cherche surtout le plaisir et l'oubli sans plus d'attention à l'originalité de leur démarche ou aux messages des textes ;

les paroles de ses chansons qui se vident petit à petit de leurs sens à mesure que le succès se trouve au rendez-vous.

Ils sont devenus un groupe en vogue. Ils ont leurs scènes attitrées et une notoriété à entretenir.

Mais quoi ? C'est de ça qu'ils avaient rêvé à leurs débuts ? Ils voulaient changer la vie mais c'est la vie qui les a changés en gloires régionales que pourchassent de jolies jeunes femmes.

Pour dissiper ce malaise, il replie très lentement le coin de drap et se lève doucement sans se demander ce qu'il fera une fois habillé. Debout, il titube un peu, surtout par excès de prudence. Son pied gauche appuie sur un corps froid et visqueux entre deux touffes de poils du tapis. Beueuh ! Un préservatif usagé.

A tâtons, il cherche ses habits et les enfile approximativement ce qui lui prend un certain temps. Vêtu de travers, les articulations serrées par des plis des vêtements, il finit par trouver la porte et quand il palpe la poignée, il se croit délivré et fait un dernier pas.

Mais sa jambe coupe la trajectoire du fil de recharge d'un téléphone qui glisse vivement d'une table basse, entraînant dans sa chute des bibelots qui s'entrechoquent en tombant.

Il étouffe un juron, s'arrête net et se tourne vers le lit. La forme sous le drap rose s'anime lentement et la chevelure brune se soulève. Il aurait aimé croiser son regard mais c'est à peine s'il distingue l'ovale de ce visage où il a déposé ses lèvres brûlantes.

La silhouette s'assoit au bord du lit, se frotte la tête, s'étire en lissant son corps, sans un bruit. Elle se lève, sort un peignoir d'une penderie. Puis, toujours sans un mot, elle passe devant lui, ouvre la porte et disparaît.

Intimidé, il n'ose rien dire, même pas : « bonjour ! » à celle dont il a partagé la plus chaude intimité mais son indifférence lui fait mal. Elle n'a peut-être pas apprécié leurs ébats. Doit-il la suivre ? Va-t-elle revenir dans la chambre ?

Il attend un instant comme en suspens. Il entend des bruits de cuisine et se décide à la rejoindre. Pour se donner une contenance, il s'appuie contre le cadre de la porte et observe sa partenaire :

Le drapé de ses larges manches donne à ses gestes usuels une allure de papillon géant. Ses longs cheveux emmêlés grignotent un dragon rouge dans une lune d'or sur son peignoir. Ses bras fins manœuvrent des mains agiles au bout desquelles des langues mauves aux reflets changeant sous la lumière tamisée, s'affairent aux préparatifs du petit déjeuner. Une odeur de café accompagne le sifflement de la cafetière qu'elle pose sur la table.

Sans qu'elle l'y invite, il s'assoit en face d'un bol qui lui est destiné. Il cherche ses yeux noisette protégés par de longs cils noirs. Les fines ailes de son nez tressaillent par instants. Sa bouche sensuelle fait disparaître une biscotte comme si elle parlait d'amour. L'échancrure du peignoir laisse deviner deux petites formes galbées. Il la trouve toujours aussi jolie et il aurait voulu lui dire mais son mutisme l'impressionne.

Elle l'a abordé à la fin du concert dans une intention évidente. Il a tout de suite désiré l'équilibre de ses traits, l'érotisme naturel de son pouvoir de séduction et la manière dont elle en joue. Mais là, la tête baissée sur son café, tartinant ses biscottes comme s'il n'était pas présent, il manque une dimension, une vie.

Il risque bêtement : « Tu as bien dormi ? »

Elle ne répond qu'au bout d'un long silence : « J'aurais mieux dormi si je n'avais pas été réveillée. » Aucun reproche dans sa voix mais une détermination à manifester le regret de la perte de son sommeil.

Tout ce qu'il peut dire, c'est « Oui, excuse-moi ! » avant que le silence ne retombe, rendu plus lourd par les crissements des biscottes. Alors, il grignote du bout des lèvres, avale son bol de café. Il vaut mieux partir le plus vite possible. Cette idée le peine mais c'est la seule chose à faire.

Dans ce genre de circonstances, il se trouve toujours trop sentimental. Non pas qu'il ressente de la nostalgie à chaque séparation mais il préfère les dénouements harmonieux : Ils ont mêlé leurs corps, collé leur peau pour le même voyage. Ils ont fusionné dans une longue étreinte éclatant en un spasme presque brutal. …

Chez lui, le plaisir a transformé le souvenir des caresses, la trace des baisers, ce don total à l'autre, en tendresse, en complicité. Et voilà que ce bouquet de sentiments devient inutile devant la froideur de sa partenaire.

Un voile de tristesse descend doucement en lui, amplifié par le manque de sommeil. Il est urgent de prendre congé.

« Bon, je vais y aller !

…

- Bonne chance ! »

Elle répond : « merci » du bout des lèvres sans même lever la tête. Une fois sur le palier il se rend compte qu'il ne connaît même pas son prénom.

Il sort de l'immeuble, à la recherche d'un transport. L'air frais et humide achève de dissiper les dernières sensations négatives. La ville, baignée d'un jour nouveau, s'ébroue comme pour chasser la brume.

Dns un nuage de bruits, un gigantesque coléoptère de métal, précédé par un fumet rance, engouffre dans son dos creux les déchets familiaux entassés dans des conteneurs plastiques, assisté dans ce rituel par un duo de petits hommes aux gestes comptés, dévoués à l'appétit vorace du monstre.

A un arrêt de bus d'une ligne qui passe devant chez lui, quelques travailleurs attendent : Un jeune homme attend, vêtu d'une tenue verte pomme et grise, les membres cerclés de bandes fluo ; dans son dos, le sigle massif d'une firme de travaux publics.

Deux autres hommes, visiblement issus du sud ibérique patientent également. Leur petite taille, leur dos large, leurs épaules puissantes, leurs mains épaisses et légèrement contractées désignent leur métier manuel ou physique.

Une femme assez jeune, vêtue d'une blouse délavée, semble arborer un résumé de son passé et de son milieu sur son visage marqué.

Peu habitué à sortir au petit matin, il remarque ce concentré d'une population différente en morphologie et habillement de celle des concerts. L'organisation sociale sélectionne par les horaires, découpe les vies en tranches en fonction des besoins économiques et cloisonne de fait les populations.

A cette heure, commence à décliner le va-et-vient des professions plutôt manuelles, des agents d'entretien ou de sécurité avec glacière ou sac de sport.

Bientôt vont apparaitre les bureaucrates, puis les commerciaux, chacun repérable à la manière de s'habiller, à ce qui pend à son bras, cartable, étui d'ordinateur, mallette de cuir ou sacoche.

Ces codes vestimentaires, si pratique pour définir l'appartenance sociale, ne constituent-ils pas un obstacle au mélange ?

Il monte dans un bus. Après quelques arrêts ses yeux se ferment sous l'effet des vibrations du moteur. Il lutte un instant contre le sommeil puis s'abandonne au ronronnement mécanique du véhicule.

Une voix le réveille.

« Le Seigneur Jésus Christ est plein d'amour et de compassion pour nous. Par sa souffrance sur la croix, il a racheté nos péchés. Il s'est offert en sacrifice et a détourné le courroux divin que nous méritions en donnant sa vie pour nous.

Jésus nous appelle à lui avec ces mots : « Venez à moi vous qui peinez, vous qui êtes chargés de lourds fardeaux car je vous donnerai le repos a-t-il dit en Matthieu onze, vingt-huit. Car Le Seigneur ne prend pas plaisir à la mort du pécheur mais il l'appelle à se détourner de ses voies à entrer dans le repentir et à croire en Christ pour être sauvé. »

Un vieil homme maigre, petit, tremblant de tous ses membres déclame mécaniquement son texte d'une voix chevrotante au milieu du bus. Des poignées de cheveux blancs et drus en tous sens, sur un substrat luisant, une barbe de plusieurs jours à la broussaille irrégulière, donnent à son visage creusé par la fatigue un air de négligence, rehaussé par des vêtements dont la fraîcheur et la propreté ne sont qu'un lointain souvenir. Voûté, il semble perclus de rhumatismes mais ses tremblements sont sans doute plus dus à l'effort extrême que lui demande son évangélisation qu'à l'âge ou la maladie.

Tout en parlant, il va de passager en passager tendant des photocopies cornées et peu lisibles. « Je suis le chemin et la Vie a dit notre seigneur Jésus Christ. Quiconque croit en moi aura la vie éternelle. »

Evidemment, il ne suscite que mépris et quolibets, mais pas franchement. Quand il tend ses papiers, le voyageur visé détourne le regard, faisant semblant d'être ailleurs. Dès qu'il est passé, le regard revient droit, moqueur, vengeur ou outragé en se posant sur le dos du vieillard. Certains lui tirent la langue. D'autres traduisent leur gêne, leur honte ou leur rejet en lançant quelques mauvaises réflexions mais sans s'adresser à lui :

« Il débloque complètement ce vieux. Il est mûr pour l'asile !

- Il nous fait chier avec ses conneries !

- Il pourrait faire un miracle, dieu et lui offrir un rasoir tout neuf ! »

Ces passagers, soigneusement répartis dans le bus, qui s'évitaient jusque-là, même du regard, trouvent dans cet intermède l'occasion d'une connivence si difficile à tisser sans un prétexte ou un sauf-conduit :

« Vous connaissez les dernières paroles de dieu : vite un clou je glisse !

- Tu crois qu'il a appris à marcher sur l'eau ?

- Il est pas au courant que dieu est mort ? »

Malgré cette opposition larvée, le vieux monsieur continue à tendre ses papiers, imperturbable. Au moment où il arrive vers lui, leurs regards se croisent. Une profonde détresse emplit les yeux du vieil homme : Sa tâche lui pèse énormément. Mais il l'accomplit avec un grand courage.

Il ressent directement le malaise du vieillard, mélangé au sien parce que quand un homme se met en avant dans un lieu public silencieux, sauf pour un divertissement réussi, les autres sentent croître en eux une étrange honte.

Son discours décalé dérange.

Comment des imprécations ou des menaces peuvent-ils porter ces voyageurs à s'interroger sur l'existence ou la réalité de Dieu ?

D'un autre côté, l'audace de cet homme, son effort surhumain pour dépasser le conformisme ambiant, l'impressionne et il se dit que la foi est quand même une énergie puissante.

Instinctivement, par solidarité, il sourit au vieil homme en disant maladroitement : « C'est pas facile, hein ! »

L'autre répond du tac au tac :

« Beaucoup de choses sont difficiles dans ce monde qui adore le matériel. Mais celui qui croit en Christ verra sa peine allégée ».

Sa réponse ne l'étonne pas. Le vieux monsieur ne peut se permettre de faiblir. S'ouvrir, répondre : « Oh oui, si vous saviez comme c'est dur !» aurait entamé l'élan de sa démarche. Il faut rester cuirassé jusqu'au bout.

Ses mots impersonnels le protègent contre les moqueries. En même temps, c'est le décalage de ses paroles avec les stimulations modernes qui suscite de telles réactions.

Après avoir fait le tour du bus, le vieil homme en descend fébrilement, traverse la rue pour monter dans un autre qui arrive en sens inverse.

Cette scène l'a réveillé et profondément intrigué. Ce petit bout d'humain si insignifiant, manifeste un grand paradoxe. Qu'on apprécie ou pas son discours, par sa simple présence, il rappelle que l'humanité, même percluse, peut aller au bout de ses convictions et de se donner les moyens de les appliquer.

Loin de l'héroïsme de pacotille, porté par les rêves médiatiques qui diffusent des images irréalistes, ce vieux monsieur donne à l'héroïsme un sens réel : effort sur soi et dépassement des conventions pour porter au cœur de la vie publique ce qu'on n'y attend pas.

Il imagine un instant les mêmes mots dans la bouche de la jeune femme qu'il vient de quitter. Avec son aplomb et son apparence elle aurait plus de succès. Les hommes surtout demanderaient eux-mêmes les papiers qu'elle distribuerait. Cela n'en ferait pas des convertis mais faciliterait énormément les choses.

Le message chrétien de rédemption par la croix, devient de plus en plus du charabia pour les populations occidentales.

Mais ce vieillard a révélé dans son esprit un puissant paradoxe : Malgré la profusion de la moralité moderne : citoyenneté, démocratie, tolérance, ouverture à l'autre, droit des minorités, culte de la différence, etc., une grande partie de la population ressent viscéralement une sorte de menace aux injonctions morales lorsqu'elle y est directement confrontée.

A la télévision ou dans les conversations générales la morale passe encore mais replacée dans le quotidien – ce qui serait finalement sa place - elle dérange.

Une autre chose l'interpelle : Lui se donne plus ou moins, une valeur d'exemple parce que ses chansons dénoncent le système et la vie banale. Mais oserait-il se mettre debout, là, devant son siège et chanter a cappella devant ce public improvisé ?

A cette idée, un jet d'adrénaline lui brûle les veines. « Mais non, c'est pour rire ! » s'empresse-t-il de se rassurer mais il n'est pas dupe. Il en mesure d'autant plus la performance du vieux monsieur.

Dans ce vieillard tremblant et pas très propre il y a une grande beauté. Parce qu'il a accepté de porter sur ses épaules un fardeau qui le dépasse et qui semble le submerger alors qu'il le remplit.

Plus de beauté en tout cas que dans ses textes, chantés sur des scènes faciles qui ne provoquent ni prise de conscience ni rupture. Plus de beauté aussi que chez cette jeune femme avec qui il a consommé une passion immédiate dont le souvenir ne représente plus qu'un petit tas de cendres.

Mais cette beauté est incomplète. Elle se manifeste pour provoquer plutôt que pour aider, crissant comme un burin sur la pierre et non comme une caresse frôlant la peau. A son épanouissement il manque la plénitude de l'amour.

Il est tiré de son sommeil par une longue sonnerie du téléphone :

« Allo, bonjour mon chéri, c'est maman ! Comment vas-tu ? »

Il ne comprend pas la moitié de la phrase et simplement note une voix féminine, (peut-être la jeune femme dont il vient de quitter l'appartement ?). Sans vraiment articuler, il questionne :

« C'est qui ? »

La voix change de ton

« C'est ta mère. Je ne sais pas à quelle heure tu t'es couché pour avoir une voix comme çà à deux heures de l'après-midi.

…

Je me demande si tu arriveras à quelque chose avec une vie aussi dissolue. Mais ce n'est pas pour te faire la morale que je t'appelle. Je rentre de voyage et je suis à Paris pour quelques jours, alors je me disais que nous pourrions peut-être nous voir.

-Oui bien sûr maman !

Sa réponse manque-t-elle à ce point de conviction que sa mère doive ajouter ?

-Si ce n'est pas trop abusé de ton précieux temps que de voir ta mère quelques heures, bien entendu !

Résistant à l'envie de manifester son refus de ce genre de petits chantages dont elle a l'art, il demande :

-Tu proposes quoi ?

-Ecoute j'ai très envie de retourner au Louvre. Cela fait une éternité que je n'y suis pas allé. Veux-tu m'accompagner ?

Sa mère connaît ses goûts. Elle sait qu'en proposant le Louvre, il va dire « oui » tout de suite.

- Je déjeune chez Colette mas nous pouvons nous voir d'ici... disons une paire d'heures. Ça te laissera le temps de te préparer, ajoute-t-elle malicieusement.

- Ça me va ! A seize heures devant la pyramide.

- Et après nous pourrons prendre un goûter, si tu es d'accord naturellement.

-D'accord maman. A toute à l'heure. »

Les conversations avec sa mère lui inspirent souvent des sentiments mélangés. Ils s'aiment, c'est manifeste mais ils ne se comprennent pas. Quand elle lui parle, il se tient sur ses gardes, redoutant que d'une phrase banale elle tire tout à coup un commentaire sur son comportement formulé de manière péremptoire.

Ça ne facilite pas la fluidité de leur relation mais il a passé le cap de l'adolescence où il voulait la changer, lui tenant tête de manière placide et obstinée, ce qui la remplissait de colère.

Maintenant, il s'efforce d'aplanir les angles, de ne pas jeter de l'huile sur le feu, quitte à se taire. C'est un compromis un peu boiteux mais depuis qu'il a adopté cette attitude, il se sont rapprochés.

Cette difficulté de communication serait allégée s'il pouvait avoir une complicité avec ses deux frères et sa sœur. Mais ils ont tous opté pour le profil parental, modèle de la bonne bourgeoisie de province, gratin de la société, fière d'elle-même et de sa réussite.

Le fils aîné est avocat d'affaire. Il se construit une tranquille fortune dans la défense des gros pollueurs, armateurs, raffineries, mines, etc., comme spécialiste des transactions sur le marché des quotas et des droits d'émission des gaz à effets de serre. Le siège social de la société qu'il dirige avec deux autres associés est domicilié dans une petite île inconnue mais ses bureaux sont à Londres.

En second vient la sœur au parcours plus classique : médecin, elle est restée dans la ville où la famille a toujours vécu. C'est l'enfant le plus proche de la mère bien que cette dernière voyage énormément et ne fréquente plus la demeure familiale que quelques mois par an.

Ensuite vient un autre frère qui co-dirige l'usine familiale avec leur père, peu pressé de passer la main, malgré ses soixante ans largement amortis.

Lui vient en dernier, enfant né sur le tard, longtemps considéré comme le préféré, passé du stade de chouchou de la famille, à celui de gêneur, quand il est devenu évident qu'il ne suivrait pas les traces des aînés.

C'est un rêveur. C'est sa nature, il ne l'a pas choisie et qu'il le veuille ou non il ne peut y échapper. Au début, les appels à plus d'attention, de réalisme, d'application le plongeaient dans le doute, mais sa volonté de bien faire finissait toujours par être prise en défaut car on ne peut se surveiller vingt-quatre heures sur vingt-quatre.

Il a fini par s'accepter tel qu'il est, quitte à faire des efforts pour éviter les grosses catastrophes et changer, non pour les autres, mais pour servir, développer les intuitions, les énergies, les évidences secrètes qu'il ressent.

A l'adolescence, il s'est mis à écrire des poèmes. Cette activité - accueillie dans le cercle familial avec une sorte condescendance car beaucoup de famille, aime les « artistes » quand ils sont célèbres et hors de leur cercle – n'arrangeait ni ses performances scolaires ni les relations avec ses proches mais elle lui a donné confiance et lui a montré sa voie.

Le temps passé, l'attention déployée, l'énergie dépensée pour ce travail, le rassemblaient, l'assagissaient le tirait de « la lune », le ramenant « les pieds sur terre ».

La poésie a clos la série des catastrophes dont il jonchait son parcours et que les repas familiaux ressassent toujours en boucle.

On rappelle ainsi ce fameux jour de communion, où, en tête du cortège qui conduisait les jeunes gens vers l'autel, il avait mis le feu au surplis de l'abbé devant lui.

La vielle étoffe de l'ecclésiastique s'était embrasée comme une pièce d'étoupe sous l'effet de la flamme du cierge que le communiant avait trop incliné, à cause de l'attention portée à une jeune fille dans la nef. Voyant ce début d'incendie, il avait lâché son cierge et s'était précipité sur les flammes pour les éteindre, bousculant le vieil homme qui s'était affalé de tout son long.

Il avait prestement retiré son aube, couvrant l'abbé avec, mettant fin au drame. L'homme s'en était tiré sans autre dommage qu'un bleu à un genou, une grande frayeur et une méfiance envers ce garçon qu'il évitait dès qu'il le voyait.

Ses frères et sœurs qualifiaient volontiers « d'exploit » cet épisode en riant, malgré la réprobation feutrée de leur mère qui tenait l'église pour un des piliers de la civilisation.

La gendarmerie représentait pour elle une institution sacrée de la République et ce n'est pas sans réprobation qu'elle acceptait qu'on évoque ce nouvel épisode de vacances dans une superbe villa du Sud.

La famille avait invité le commandant de la gendarmerie locale à déjeuner. Le repas était servi dans le magnifique jardin de la propriété sous un cèdre centenaire qui répartissait sous l'effet de la brise, des mosaïques de soleil et d'ombre, pendant que des insectes locaux crissaient de toutes parts.

Devant donner le visage d'une famille unie, les enfants avaient accepté chacun un petit rôle ; l'aîné coupait le pain, la sœur passait les plats, le troisième faisait l'aller-retour avec la cuisine, tandis que la mère s'affairait aux fourneaux et que le père entretenait la conversation.

Une petite tâche lui était dévolue : celle de napper de sauce les assiettes à mesure qu'une tranche de gigot y serait déposée. Concentré sur ce travail, il s'était acquitté de sa mission à la perfection jusqu'à l'assiette du gendarme qui, ravi de trouver une oreille attentive, n'en finissait plus de se raconter et mangeait peu.

Le tour de son assiette arriva donc en dernier mais un papillon voletant par saccades au milieu des convives provoqua inconsciemment un drame : les yeux du garçon tentaient de suivre la course désordonnée de l'insecte. La main qui actionnait le saucier suivit ce mouvement et déposa le flot brunâtre sur le pantalon du militaire.

Ce détournement sema la pagaille dans la tablée, chacun tentant à sa manière de nettoyer la tache à un endroit du pantalon malheureusement délicat.

L'officier de gendarmerie crut à un complot et ne desserra plus les dents jusqu'au café qu'il ingurgita d'un trait non sans se brûler les papilles. Après quoi, il se sauva très vite en disant à peine au « revoir ».

Le coup de fil de sa mère provoque ce surgissement du passé et il le laisse remonter à la surface tout en se préparant. Sous la douche, il prend soudainement conscience que cette gaffe a profondément modifié les relations avec sa famille. Le papillon est devenu d'un côté la démonstration d'une nature immature et de l'autre le symbole de la beauté.

Longtemps on lui a dit : « Rappelle-toi le papillon » pour justifier un manque de confiance à son égard mais lui voyait dans l'insecte la revanche de la Beauté sur le conformisme.

L'idée de beauté n'était pas absente dans la maison familiale mais elle prenait des formes autorisées, reconnues. Elle n'était jamais sauvage, spontanée, créatrice.

Ses parents se rendaient fréquemment à l'opéra et les conversations à table disséquaient les spectacles : chanteurs, mise en scène, musique, tout était analysé, décortiqué sans qu'aucun membre de la famille ne se soit donné la peine d'essayer de créer une œuvre.

La famille fréquentait régulièrement les musées et évaluaient ave l'œil de connaisseur les différents tableaux.

La jeune génération aimait beaucoup le cinéma d'art et d'essai et glosait à n'en plus finir sur les films qu'elle voyait.

Lui restait en marge de ces discussions mais quand il tentait de parler de ses poèmes, on souriait de manière polie. Quand il s'est mis à chanter, les portes claquaient brusquement. Même sur le terrain de la beauté il y avait désaccord.

Bizarrement il n'en a jamais souffert. En se regardant dans la glace avec la brosse à dent qui s'active, cette pensée l'étonne. Ses créations soulevaient une telle émotion en lui qu'elles le protégeaient de l'indifférence de ses proches.

Une fois dans la rue, il décide de faire un bout de chemin à pied. La fraîcheur du matin a laissé la place à un temps légèrement couvert qui conserve les parfums des arbres et les odeurs de la ville. Un voile de lait blanchit le ciel mais laisse passer une clarté qui fait briller les reliefs. Cette météo semble lui conseiller le mode pédestre.

Il aime flâner le long des rues, scruter les façades de pierre pour y dénicher le détail insolite, une tête prise dans la clé de voûte d'un porche, figée dans un sourire sans fin, quelques moulures ouvragées, des bandes de céramiques encadrant une succession de fenêtres.

L'agencement harmonieux des immeubles, l'équilibre et la répartition des formes ravissent ses yeux, provoquent son étonnement, bousculent ses émotions. Alors il se fige dans de longues stations, oublie le temps et nourrit son regard.

Entre deux immeubles, un foisonnant jardin à l'abandon savamment étudié jette ses pousses hors des grilles ; au hasard d'une porte ouverte, un entrelacement de bambous se devine derrière une verrière aux vitraux colorés ; les couleurs criardes d'une devanture de magasin, la façade glabre d'un bâtiment de verre et d'acier, tout ce qui a été pensé avec beauté, soin, harmonie, ordre, le met en joie.

Parfois, saturé d'émotion, il délaisse les rues calmes des habitations pour musarder dans les quartiers d'affaire ou de luxe. Là, s'offre une autre beauté dont il ne partage pas la philosophie mais qu'il ne peut s'empêcher de goûter avec délice comme on s'encanaille : Les magasins en enfilade rivalisent dans l'illumination de nos rêves : destinations lointaines aux consonances rauques ou exotiques, vitrines enluminées de paysages grandioses, de palais ourlés de fastes centenaires… Et derrière l'infranchissable barrière de verre, des femmes triées pour leur plastique s'affairent en uniforme de couleur.

Et les devantures des bijoutiers ! Ses yeux plongent dans le ruissellement de leur lumière. Son regard y saute d'éclat en éclat comme s'il traverse une rivière sur des pierres émergentes. Il y fouille les diamants pour pénétrer au cœur de leurs feux immobiles et glacés…

Plus loin, les couleurs crues des boutiques de haute couture, les assemblages grandiloquents de chapeaux, robes ceintures, manteaux aussi chargées qu'un carrosse d'apparat, les coupes extravagantes des modèles exposés, retiennent longuement son attention parce que cette prodigalité frivole met en évidence le conformisme des vêtements masculins, et souligne sa fascination secrète pour des habits de couleurs vives qu'il ne portera jamais de toute façon.

Moins étranges, ses stations devant des modèles de voitures aux prix à cinq chiffres et plus. Ce ne sont pas les marques prestigieuses qui sonnent comme des coups de clairon qui l'attirent.

Il ne rêve pas de puissants chevaux domptés sous un capot rutilant ; de gloire à maîtriser le fleuron d'une écurie prestigieuse…

Non, derrière ces parois de verre où s'étalent des slogans alléchants pour faire rêver les pauvres, ce sont les lignes et les surfaces, les mariages subtils des cuivres et des peintures, les formes galbées comme des éclats de soleil qui le transportent ; la beauté fine des carrosseries élancés ; l'harmonieuse répartition des chromes et des feux ; la judicieuse répartition des couleurs par une baguette d'or…

A partir du premier étage, des immeubles une beauté, moins tapageuse offre ses enluminures immuables aux regards attentifs.

Sous les balcons, des consoles musculeuses supportent héroïquement leur charge, noyées dans des grappes de pierre généreuses. Entre les fenêtres, des pilastres ajoutent leurs motifs géométriques à l'abondance de la décoration.

Les étages supérieurs adoptent un style plus épuré. Les façades alignent généralement de grandes baies vitrées, parfois en saillie, à plusieurs vantaux, soulignés au-dessus et en dessous par des frises en céramique aux motifs indistincts tandis que les côtés des fenêtres sont mis en valeur par des piliers surmontés de chapiteaux grecs.

Le dernier étage, souvent en mansarde, est tapissé d'ardoise ou de zinc et meublé par quelques « chiens assis ».

Mais aujourd'hui, à qui cet art, ce travail profite-t-il ? Combien de passants pressés lèvent la tête ? Combien de femmes et d'hommes se rendant dans les bureaux qui colonisent la plupart de ces immeubles, savourent-ils leur chance de travailler dans un tel décor ?

Et les propriétaires particuliers, savent-ils en entrant chez eux prendre quelques secondes pour réaliser où leurs pas résonnent et s'abandonner au léger frémissement que l'on peut éprouver dans ces lieux d'histoire et de sueur où naquit le génie.

Non, pour beaucoup cette beauté s'exprime simplement en euros. Il faut inviter des cohortes de touristes pour que ces pierres retrouvent une importance par elles-mêmes, pour que les yeux et les appareils photos fouillent les traces érodées des beautés du passé.

D'un autre côté, cette soif irrépressible de beauté formelle dont il a tant besoin pour enluminer sa vie, il en connait le prix ? Le luxe et l'injustice ! Tandis que des familles nobles et de grands bourgeois ont permis l'expression, l'invention, le renouvellement de cet art, le peuple s'entassait dans des chaumières enfumées, des masures froides, des taudis insalubres, des empilements sombres d'appartements sans hygiène ni confort…

Ces beautés historiques nées dans un paradoxe ont le prix du sang. Son admiration des pierres, des sculptures, des ouvrages de taille, justifie-t-elle la misère et l'effroi où ont végété les peuples pendant des centaines d'années de bâtisseurs ?

Son extase aujourd'hui ne donne-t-elle pas à cette beauté une raison d'être ? Il ne peut s'empêcher de penser qu'elle prolonge cet élitisme. Est-ce un besoin de prendre ses distances avec le populaire ?

Cette évasion par les yeux constitue-t-elle un substitut à la construction d'un beau monde ?

Quel rôle social a l'esthétisme ?

L'art et le luxe offrent-ils un palliatif commode au besoin de beauté créatrice que tant d'humains portent en eux, sans l'expression de laquelle aucune société juste -c'est-à-dire belle- ne peut advenir ?

Il finit par conclure que seule la création née du difficile accouchement de sa Beauté intérieure, mille fois recommencée, mille fois avortée, toujours relative, donne une vraie plénitude.

Il l'aperçoit de loin, ponctuelle comme toujours. Il la reconnaît facilement au milieu des va-et-vient des touristes, des poses-photo, des groupes et des familles venus des quatre coins du monde.

Dans cette joyeuse pagaille elle se détache comme par enchantement et cela l'impressionne à chaque fois. Sa silhouette se découpe sur la pyramide de verre. Le maintien un peu raide, le port de la tête haut, habillée avec chic, c'est vrai, elle a la classe. Et elle le sait.

Elle l'embrasse à la « moderne » - les lèvres dans le vide se contentent du bruit du baiser. Sans transition, elle lui prend le bras et l'entraîne dans la file d'attente.

Ça fait un certain temps qu'ils ne se sont pas vus et les mots sont hésitants. Ils passent le portique de sécurité et descendent vers les entrailles du Louvre. Une vague de bruits et de mots noyés dans un charivari de langues, les englobe à mesure de leur descente et ils se retrouvent comme immergés dans une foule bigarrée, cosmopolite, assourdissante.

Le sous-sol du Louvre ressemble à une internationale fourmilière, gigantesque carrefour sillonné par des ouvrières de loisir venues butiner ce joyau de la culture française, sans plus d'égards toutefois que pour la visite d'un supermarché ou d'une foire foraine.

Au pas de charge - sa mère a horreur de la foule – ils passent la caisse automatique.

Après une série de marches ils se retrouvent dans une vaste galerie où des statues, des tombeaux, des piédestaux antiques sont alignés de chaque côté. Là, sa mère ralentit. Elle oublie la foule qui déambule dans ce boulevard, les appareils photos, les poses devant ces objets millénaires.

Elle s'arrête devant un détail de pierre, fait le tour de la sculpture, se penche, compare puis, comme fascinée par une immense vasque de granit, jauge, évalue silencieusement. Lui n'a pas d'attention pour ces objets blancs ou gris qui ont perdu leurs couleurs avec le temps.

Ces sculptures pâles et inertes n'ont à ses yeux qu'une valeur vénérable mais pas artistique. Ces objets dédiés à des cultes n'avaient pas pour fonction de propager la beauté mais la ferveur religieuse et il trouve paradoxale que dans cette société largement athée, des milliers de regards leur vouent une sorte d'adoration.

Sa mère ne s'embarrasse pas de ces questions de logique elle est déjà dans une autre dimension où la beauté régit les règles. Il sait que le trajet jusqu'à la Victoire de Samothrace qui marque le début des galeries de peinture sera long et qu'il va lui falloir patienter.

Quand enfin ils franchissent l'escalier qui conduit à la peinture italienne de la Renaissance, les rôles s'inversent : sa mère est beaucoup moins attentive et commente tout ce qui lui tombe sous les yeux alors que lui se laisse emporter par la profusion de couleurs vives.

Ses yeux plongent dans les aplats rouges, verts, bleus, ocres ou noirs avec ravissement. Ils en rapportent une nourriture qui le comble. A partir de là, tout devient simple, le long des salles il suffit de se laisser guider par ses sens.

Sa mère respecte son choix mais elle préfère la peinture classique. Trop pompeuse, trop orgiaque pour lui. Et l'après-midi s'écoule ainsi.

La visite terminée, ils se retrouvent dans un salon de thé. Deux assemblages élaborés de pâtisserie, des petits pots de métal et de faïence et deux tasses en porcelaine pour se concocter un chocolat sur mesure, arrivent sans tarder.

A jeun, il engouffre sa part avec avidité sous le regard muet de sa mère dont le mutisme est souvent plus parlant que de longues phrases. Elle, s'attaque délicatement à sa montagne de crème, maniant une petite cuillère avec des gestes d'orfèvre.

Mais rapidement les mots remplacent les bouchées et, à son habitude elle s'éparpille dans un tourbillon de mots où s'emboitent, décousus, les récits exaltés de ses derniers voyages, agrémentés de commentaires sur les mœurs locales, les derniers potins de ses chères amies qu'elle ne cesse de critiquer, ses inquiétudes sur la vie de couple de sa fille, assortis d'apartés diverses.

Il lui connaît cette solide façon d'occuper tout l'espace, de mobiliser la conversation mais il sait aussi que s'il la laisse faire, il va se retrouver dans un état de dilution avancée, incapable de penser à quoi que ce soit, de dire un seul mot, comme s'il se transformait en légume.

Comment l'interrompre ? Lui faire parler de ses goûts culturels. Il lance :

« Je commence à me lasser de ce musée, pas toi visiblement.

-Non, je pourrais passer des heures à admirer toutes ces sculptures, ces peintures. Que de talents, que de beauté ! Venir au Louvre me reconnecte à chaque fois avec le génie humain. Quand je vois ces œuvres immenses de Géricault, de David ou de Delacroix je me sens toute petite et infiniment reconnaissante envers ces géants de nous montrer de telles beautés et... »

Pour ne pas la laisser enfiler ses idées, il répond : « Moi c'est justement l'inverse. Je n'aime pas tellement cette salle des peintres français du dix-neuvième. D'abord les couleurs vieillissent très mal. Ensuite c'est un peu grandiloquent. Je préfère de beaucoup la peinture de la Renaissance. Quelle fraîcheur je lui trouve !

- Evidemment, il suffit que je dise blanc pour que tu dises noir. Tu ne grandiras donc jamais ? »

Il résiste à exprimer la morsure intérieure que lui cause cette remarque et continue : « Tu te trompes, ce n'est pas par rapport à toi. Je crois que j'ai découvert que ce qui me plaît au Louvre c'est cette démonstration de couleur.

La couleur la plus pure, la plus éclatante, je la trouve à la Renaissance. As-tu remarqué, même dans les épisodes dramatiques comme les innombrables scènes de crucifixion, ou les mises au tombeau du Christ, quelque chose d'apaisé, de non-dramatique anime les œuvres.

Les couleurs donnent une touche de vie mais surtout on ne sent pas ce besoin de réalisme qui plombe tout. Ce qui compte aux yeux des hommes de cette période c'est le symbolisme.

Les êtres et les choses sont des signes, des éléments d'un tout. La légèreté que cette pensée confère aux œuvres est pour moi la preuve qu'il y avait dans l'humanité à l'époque une certaine qualité de vie. Sans doute plus que maintenant.

Après cette période, d'autres paramètres entrent en ligne de compte dans la confection des œuvres qui détournent de l'art pur.

- L'art pur ! Tu ne vas quand même pas me dire que Rubens, Poussin, Velasquez, et d'autres ce n'est pas de l'art pur ?

- En tout cas c'est comme ça qu'on le conçoit mais il y a quelque chose qui me gêne, je ressens comme une confusion…

- Mon pauvre chéri, tu as toujours aimé chercher la petite bête. Je ne peux pas dire que ça t'a tellement réussi jusqu'à présent ! »

Il connaît ce genre d'apostrophe par cœur et sait où mène la conversation s'il laisse sa mère l'orienter à sa guise.

Mais il y a autre chose : il veut tirer au clair ce mélange de sensations ressenties chaque fois qu'il vient au Louvre et il se sent proche de ce but.

« En fait je me demande si ce qu'on apprécie dans ces toiles, ce n'est pas plutôt un reflet de la société et de la vie que la beauté pure ?

Ces tableaux qu'exposent les musées ne représentent que certains sujets, qui mettent l'homme à l'honneur, son cadre de vie, ses goûts, ses activités comme la guerre, la chasse, ses fastes, ses conquêtes, ses paysages, etc.

Si tu enfiles bout à bout toutes ces scènes, tu t'aperçois qu'il y a là une sorte d'hymne à la gloire de l'homme, à sa puissance, à son génie, à sa beauté. Le spectateur y vient chercher le rêve d'une certaine humanité plutôt que des émotions liées à la beauté On pourrait même dire qu'en fait on ne voit pas le tableau mais l'effet qu'il nous fait.

- Tu exagères comme toujours. Quand je vais dans un musée j'admire bien les tableaux, non pas l'effet qu'ils me font. D'ailleurs, je ne peux pas dire que je ressente quoi que ce soit.

Non, c'est toi qui t'écoute trop. Moi je suis fière et heureuse qu'un tel génie humain nous rassure sur notre humanité et nous console car des fois, que les hommes sont décevants !

- Tu apportes de l'eau à mon moulin. Dans ce que tu décris, on est loin de vibrer pour la beauté de la composition, l'audace de la construction, le savant mélange des couleurs, la nouveauté du thème, bref de se positionner pour l'œuvre elle-même.

Même si tu ne mets pas un nom sur ton ressenti, tu admets quand même que ce que tu cherches c'est un sentiment : la fierté, la reconnaissance. En fait la peinture te conforte dans ta légitimité humaine. Elle te rassure en te racontant une petite histoire intime qui légitimise ton mode de vie.

- Parce que tu crois qu'il peut exister un art neutre, au-dessus des hommes, qui montre une beauté hors de nos affects et de nos misères ? Moi, je ne crois pas du tout à cela.

L'art n'est qu'un reflet de nos vies et ce que nous y cherchons c'est un écho de nous-mêmes, un écho suffisamment positif pour nous aider à vivre ».

Surpris par cette déclaration de sa mère, son écoute se fait intense, presque palpable. Elle le sent et malgré elle continue :

« Tu sais, malgré les apparences, tous les hommes doutent d'eux-mêmes. Au fond, ils sentent bien que la vie leur échappe, que ce n'est pas comme ça qu'ils auraient voulu vivre.

Ton père et moi, nous avions d'autres rêves quand nous nous sommes connus. Mais nous avons été, comment dire… rattrapés par la réalité, les nécessités… Alors oui, j'ai besoin parfois de me rassurer, de chercher ailleurs une beauté que je ne trouve plus en moi ! »

Cet aveu est sorti dans un souffle intérieur, sorte d'inspiration naturelle qui l'anime parfois et qu'il aime particulièrement. Il faut la pousser dans ses retranchements pour qu'elle ose dire ce qu'elle est vraiment et à ces moments, qu'il la trouve belle, sa maman !

Elle reprend très vite le contrôle d'elle-même et pour faire diversion se met à lui expliquer la dernière lubie de l'amie quelle vient de quitter.

Il l'écoute distraitement encore sous le choc de ce qu'il vient d'entendre. Cette évidence s'impose à lui. Elle a raison : Imaginer une beauté artistique au-dessus des humains est un rêve qui nous éloigne du réel.

Serait-il à ce point dans l'illusion ? Chaque fois qu'il se rend compte que sa réflexion est approximative, il ressent une sorte de douleur dans sa poitrine. Pourquoi ?

N'est-ce ainsi qu'on évolue ? Oui, alors il devrait être heureux. Mais sans doute chez lui des restes d'orgueil, une conviction qu'il a toujours raison, ferraillent avec le besoin d'être vrai.

Elle remarque qu'il n'est plus avec elle et commence à prétexte des obligations pour s'en aller. Dans la foulée, elle hèle le serveur, règle l'addition et se lève. Lui reste assis.

Elle se penche vers lui, dépose un vrai baiser sur sa joue et lui dit « Prends soin de toi, mon chéri. »

PUIS ELLE TOURNE LE DOS ET S'EN VA.

Comment passer d'une ambiance à une autre ? Les événements s'imposent à l'esprit et diluent leurs effets longtemps. Les paroles de sa mère restent en lui comme un parfum rémanent et l'entraînent vers ses profondeurs intimes.

Descente muette au départ, glissement sensitif, impalpable, indescriptible et pourtant très présente. Une forme de conscience non verbale ?

Il sort du café avec cette sensation, qui provoque une intensité, un fourmillement dans son ventre. L'absence de pensée favorise l'imprégnation des images que sa rétine envoie. Tout ce qu'il regarde est plein, dense. La rue prend une dimension supplémentaire – la quatrième dimension ? - vivante, vibrante. Il reçoit le monde de manière neutre comme un appareil photo.

Une scène freine ses pas sans même qu'il s'en rende compte. Un tout jeune enfant s'égaye dans une aire de jeu. Sa mère, très jeune le surveille du banc où elle est assise. L'enfant court, monte, sautille, rit mais toute cette activité est dirigée vers sa mère qui, immobile, silencieuse, souriante est tendue vers lui. Entre eux un lien très fort se devine.

Mais l'enfant pour montrer à sa mère comme il joue bien est moins attentif à ses gestes. Il s'entrave et tombe. Avec fluidité mais sans précipitation, sa mère le happe d'un geste sûr et le blottit contre elle. Ses mains mieux que des baumes font oublier la douleur ; ses doigts agiles et experts sèchent les larmes.

Il s'arrête, fasciné par ce ballet de gestes maternels si savants d'amour.

Gestes millénaires, immémoriaux de la maternité que la femme apprend par sa chair, qui sait faire fondre un iceberg d'homme et fait surgir en lui un mot : beauté.

Il n'est pas seul à avoir observé la scène. Un vieil homme qui use le temps de l'autre côté des agrès, un couple d'ados enlacés retransmettent leurs émotions par des yeux brillants et des sourires heureux.

Chacun a sans doute eu une vie différente, La jeunesse de l'octogénaire n'a pas été la même que celle de ces deux jeunes qui puisent dans des petits riens l'ivresse d'être ensemble.

« Mais tous les quatre, nous sommes chavirés par la même émotion ! » se dit-il. Auraient-ils ressenti la même chose devant un tableau de Fran Angelico ou d'Uccello, ces deux peintres qu'il aime particulièrement ? Certainement pas.

Il y a donc une hiérarchie de la beauté : Une plus universelle qui nous reconnecte à une sorte d'invariants humains : le geste d'amour d'une mère, l'héroïque sauvetage d'une personne menacée par un danger, la bonté d'un secours…

Leur appréciation peut dépendre de la culture locale et de l'histoire personnelle. Pourtant ces beautés chavirent des milliards d'individus.

Et puis il y a l'esthétisme, beauté plus spécifique.

La première est au service d'une conception du Bien, dans laquelle se reconnaît une large frange de l'humanité. Mais l'esthétisme quelle valeur a-t-il ? Il se souvient de la confession de sa mère : dans la peinture nous cherchons une beauté que nous ne pouvons créer.

Mais oui, c'est évident ! Ces tableaux nous racontent une histoire qui nous consolent de notre incapacité à construire une belle vie, personnelle et sociale. Ils nous dédouanent en quelques sorte de l'effort de nous changer pour devenir de beaux êtres dans de belle sociétés.

L'art comme un lot de consolation ? Alors, pourquoi cette beauté universalisante de l'amour maternel ne nous donne-t-elle pas envie d'une société d'amour ?

Pourquoi le geste héroïque, ne fait-il pas de nous des héros ?

Pourquoi le don aux souffrants ne nous donne-t-il pas envie de supprimer toute souffrance ?

Ces questions font surgir le visage sévère de sa mère : « Tu rêves mon fils. Cela n'existera jamais. Contente-toi juste de la vie que tu as et pour oublier fais de la musique ou fréquente les musées ! »

Cette pensée lui fait si mal qu'elle lui tire un cri déchirant. Tout à sa réflexion, il s'est remis en marche mais ne se rend pas compte qu'il traverse une rue fréquentée. Une voiture arrivée à vive allure le percute.

Dans sa tête se mélangent un crissement aigu, un bruit sourd, une violente douleur dans la jambe et des pirouettes aussi désordonnées que celles d'un pantin qu'on jette n'importe comment dans un coin. Des images floues virevoltent puis il retombe lourdement, tête la première sur le bitume. Son dos se plaque contre le sol avec un craquement qui retentit le long de sa colonne vertébrale.

Il ouvre les yeux. Le ciel est éblouissant de bleu avec de petits touffes de nuages qui stagnent, tranquilles. Des visages se penchent, s'adressent à lui. D'autres voix adoptent un mode panique, parlent de secours, crient, se lamentent.

Il est bien au sol mais il comprend qu'il doit se lever. A peine y a-t-il pensé qu'il se trouve debout, surpris d'une telle agilité.

Cela ne semble pas calmer l'atmosphère de drame qui l'entoure. Il aurait envie de rassurer tous ces gens mais il ne trouve pas les mots pour dire :

« Regardez, je me suis levé, tout va bien, je n'ai rien ! »

Tous restent penchés, le visage tourné vers le sol et il s'aperçoit qu'il est toujours allongé par terre, inerte. Il trouve cette situation étrange, presque cocasse. Ça alors !

C'est la première fois qu'il se voit ainsi de l'extérieur avec une perception beaucoup plus fine que dans un miroir, en trois dimensions, quatre même parce qu'il perçoit aussi en dedans de lui. Il a envie de partager cette beauté, cette profondeur mais il se rend compte qu'il ne peut pas parler. Aucun son ne sort de sa bouche.

Il tente alors de poser sa main sur l'épaule d'une femme en pleurs, les cheveux défaits, l'air anéanti. Mais sa main passe à travers son corps. Ces phénomènes l'interrogent profondément et se mêlent à la stridence d'une sirène qui se rapproche.

Un homme en blouse blanche se précipite et l'examine :

« Il respire à peine, vite ! » L'équipe du SAMU installe son corps sur un brancard et l'enfourne dans le véhicule. Bizarrement, le malentendu ne provoque en lui aucun malaise et quand la femme éplorée – il sait que c'est la conductrice du véhicule qui l'a tamponné – demande :

« Est-ce qu'il va mourir ? » il commence à trouver que ces gens manquent vraiment d'attention.

L'ambulance s'éloigne en hurlant, la foule se disperse et il se retrouve seul au milieu de la rue. Alors il se rend à l'évidence : Il est mort.

Parce qu'il sait que dans le véhicule dont la sirène s'éloigne, sa respiration et son cœur se sont arrêtés. Et pourtant, ses perceptions n'ont jamais été aussi affûtées. Paradoxe il est mort tout en étant encore plus vivant.

Un lourd rideau d'angoisse et de détresse descend lentement en lui comme une transition brutale entre le jour éclatant et la nuit froide. Tout devient noir, d'une couleur vivante, car les couleurs vivent. Elles ne sont pas de simples parties de la lumière, elles expriment aussi quelque chose et le noir lui dit la misère, de l'humanité quand la chair et l'esprit se séparent.

Ce noir, qu'il est lourd ! Plus que du plomb ou même du mercure et son poids l'enfonce petit à petit. Il tombe. Voilà qu'il sombre dans un univers obscur, ténébreux mais grouillant.

Là les yeux sont inutiles. Ses sens en alertes perçoivent des bribes de présence, affolées, menaçantes, suppliantes, féroces.

Un monde aussi peuplé qu'un supermarché un jour d'affluence hante ce vide parcouru de sillons violents. Il n'entend rien mais que de cris, de gémissements le traversent, lui glacent … ! Quoi au fait ?

Comment peut-il ressentir puisqu'il n'a plus de corps ? Dans cette détresse, il trouve encore le moyen de penser. Penser ? Avec quoi, il n'a plus de tête ? Mais il s'aperçoit que les … idées qui le traversent sont agissantes. Par exemple s'il se dit : « je fuis ! » il se déplace comme un objet flottant sur une houle agitée.

Dès qu'il sent une menace diffuse, il pense à un ailleurs et je retrouve immédiatement dans un autre…endroit, tout aussi noir et menaçant que le premier.

Il se concentre sur cette faculté de création en aspirant du plus fort qu'il peut à la lumière. Immobile, il sait qu'il est faible et qu'il risque de devenir une proie facile.

Autour de lui se regroupent des forces négatives. Que peuvent-elles lui fait puisqu'il n'est rien qu'un faible courant électrique ? Mais la terreur le liquéfie et dilue sa concentration. Résister à tout prix, penser à la lumière, l'espérer de toutes ses forces, ne pas se laisser troubler par cet environnement effroyable.

Soudain un énorme mal s'approche. Toutes les autres présences s'effarouchent et il se retrouve seul... face... à cette... chose... immonde qui veut l'engloutir. S'il fuit maintenant, il ne réussira jamais à se sortir de cet enfer. Il perçoit quelque chose de poisseux, de glacial et d'horrible l'envahir et l'aspirer vers un néant encore plus effroyable et terrifiant, quand une toute petite lumière, grosse comme une tête d'épingle apparaît au loin. Il va devenir extrêmement faible, à jamais éteint, il a presque totalement disparu quand il est harponné à ce point de lumière par un infime rayon.

Alors, dans l'espoir d'échapper à ce néant, il jette toute l'intensité dont il est encore capable et petit à petit cela l'arrache aux ...dents de cette créature qui voulait l'engloutir, se repaître de son faible courant électrique, pour durer un peu, pour...survivre.

Une force irrésistible l'attire vers le point lumineux qui grossit à vue... d'œil. Il passe du noir ténébreux au gris et traverse un monde où d'autres être tentent de s'accrocher à lui pour fuir également mais il va trop vite pour eux.

Il traverse en un instant ce drame de tous ceux qui n'ont pas garder assez d'espoir et d'idéal pour leur permettre de jeter un pont, un point d'ancrage vers la lumière et échapper à cette damnation.

Puis il glisse vers le haut à travers un puit de lumière. Tout s'évanouit lentement autour de lui et il s'élève à travers l'espace.

La terre s'éloigner sous ses pieds. La nuit palpite de scintillements comme un cœur immense, dôme de lucioles grossissant à une allure vertigineuse. Sa vitesse d'ascension est prodigieuse, pourtant il en ressent peu d'effets. Il glisse sur l'air froid comme dans un courant de bien-être qui le protège de la gigantesque pression qui sur terre l'aurait écrasé.

Il traverse des amas de gaz aux myriades lumineuses, rideaux cosmiques impalpables, scintillant d'étranges couleurs caressés par des vents amoureux et se dirige vers des spirales tournant à des vitesses inouïes autour de mondes de roches glabres.

Au loin, une terre verte apparaît avec ses continents visqueux qui attirent les satellites comme des attrape-mouches.

Il monte toujours, double des galaxies multicolores aux feux effarants, contourne des anneaux de pure lumière blanche qui dansent autour d'une planète, fascinant les corps errants qui s'y dissolvent.

Puis l'air devient transparent comme du cristal. Il est sorti de la voie lactée et à mesure qu'il s'éloigne de cette gigantesque spirale aux bourrelets veinés de marbre bleuté rampant dans sa conque en gigantesques vers du ciel, le froid et la pression ne se font plus sentir.

Des galaxies évoluent librement : gorgone échevelée à la tignasse gazeuse rouge, méduses célestes aux long filaments translucides qu'ébouriffent des vols de particules fascinées. Elles portent au centre une bouche de lumière si intense qu'elle aspire le regard ;

disques aux teintes mouvantes, tourbillonnant sur leur masse informelle, mouchetés de points multicolores, dansant comme des éphémères ;

nébuleuses topazes veinées de tresses vieil or, bordées d'une écume ocre tournant lentement sur elle-même ;

tempêtes de sable chiffonnées comme des parchemins gigantesque, changeant leurs couleurs, des chaudes aux bleus profonds, au gré d'harmoniques sublimes, en fonction des espaces immenses qu'ils balayent,

Des champs d'astéroïdes aux lumières rougeâtres foncent vers lui comme des dards brûlants. Sans ressentir la moindre crainte, il pense les percuter mais leurs masses énormes s'écartent de sa trajectoire. En le croisant, elles le reconnaissent.

Des planètes géantes nagent dans un univers éblouissant, libre de toute attraction et de tout cycle, exprimant d'une danse révérencieuse, l'amour de cette clarté froide.

Dans ce monde, il évolue librement. Ses poumons n'ont plus besoin d'oxygène. Un courant d'énergie puissant draine le sang à travers ses artères. Il considère le phénomène en observant sa main… Il a retrouvé son corps, un corps idéal ou idéalisé, en être suprêmement beau, bon, libre.

Ses proportions ont augmenté. Il a démesurément grandi. La peau aussi a mué. Elle semble plus blanche, plus résistante et beaucoup plus sensible. Sa chair, ses veines, ses nerfs, ses tendons et ses os, tout lui apparaît. Il en perçoit les moindres détails comme l'évolution du flux sanguin poussé par cette énergie nouvelle, tout en conservant l'apparence normale.

Surpris, mais nullement troublé par cette vue sur plusieurs plans à la fois, il se projette du regard vers une comète qui passe, laissant dans son sillage des gerbes d'étincelles de toutes les couleurs. Son regard épouse lentement son corps fait de myriades de gouttes laiteuses. Il plonge à l'intérieur de ce trait de lumière qui se déplace probablement à des milliers de kilomètres.

Dedans, une pluie d'étoiles de toutes teintes, agitées fortement, par la vitesse, se percutent follement pour se multiplier. Sa vision se fait plus intime.

Des particules de lumière, aveuglantes pour une vision terrestre, tourbillonnent à des vitesses inimaginables dans une ronde aux infimes mouvements, cherchant la bonne particule pour fusionner. L'accouplement produit un arc électrique multicolore, éclair qui s'achève dans une pluie de particules qui à leur tour se libèrent et reproduisent le processus…

Plus surprenant encore que ce spectacle visuel, il entend. Il entend vraiment. Il n'est pas tendu dans une écoute, dans l'intention de donner un sens aux sons qui lui parviennent. Il EST oreille. Les sons entrent en lui comme des navigateurs paisibles rentrant au port, comme des vagues de lumière musicale passant à travers sa peau, nourrissant son sang directement de leur beauté.

Tout parle, tout crie, tout chante. La moindre poussière, inerte pour des yeux de terrien, vibre intérieurement, palpite et chante. L'espace est traversé de mélopées superbes et émouvantes, aux accents infinis n'ayant que faire de notre gamme de sons limitée à douze nuances.

Dans cet ensemble, dans cette intelligence, il ne se sent pas déplacé mais occupe une place naturelle et même un peu particulière car il constate une grande attention des objets célestes à son égard.

L'univers est habité ; habité d'une pensée, de sentiments.

Au centre de tout, étalé partout, un Cœur oriente tout de ses lents Battements. Percussions imperceptibles mais essentielles. Une Energie inconnue mais familière à la fois plane tranquillement mais terriblement présente, et donne au vide sidéral une consistance, une unité.

Ce Rayonnement est présent partout, intérieur à tout, source de tout ; de matière, de mouvement, de chaleur mais aussi de conscience, de beauté, d'amour, de joie. Une Energie infinie, sans limite d'espace ni de temps ; un être étalé sur l'univers ; l'Être. La Source et la Raison du vivant. Il sentit son cœur battre très fort : Il se dit : « Ce doit être cela qu'on appelle Dieu ».

L'onde de sa pensée sort instantanément de lui en vagues très fines. Il les voit s'éloigner à une allure fulgurante puis se dissoudre dans le Tout comme l'ultime frange d'une mer avec ses frises d'écume blanche, se mêle au sable où elle s'échoue.

Alors, en retour une onde inverse le traverse, l'emplit. Une température de fusion l'envahit. Un court instant il lui semble prendre feu. La chaleur se transforme en … comment décrire un tel bouquet de sons, de saveurs, de parfums, de sensations inouïes qui le haussent à un degré de légèreté, de joie et de conscience hors de toute mesure.

Il EST Nature, vide sidéral, Vie, en même temps, dilué et compact, aérien et dense, conscience absolue, Pensée et Matière. Cet état intérieur paroxystique lui donne l'impression de se rétracter en un point minuscule puis de se répandre en un instant dans l'infini, de se dissoudre dans l'univers comme un big bang personnel.

Sensation incroyable, apothéose, durant, une fraction de seconde ou une éternité, de toute façon le temps ne veut plus rien dire. Il est venu pour Ça. C'est avec Ça qu'il avait rendez-vous. Maintenant, il doit repartir.

Il redescend, tombe, de la même manière qu'il était monté. Son enveloppe corporelle le réclame. Il sait qu'il n'a pas encore accompli la tâche qu'il doit réaliser sur terre.

N'est-elle pas son ultime raison de vivre ? Ce qui détermine la vie et la mort ? Chercher, tester et affiner un mode

de Beauté spécifique à chaque être qui alimente l'évolution, produise le mouvement perpétuel de civilisation sans laquelle l'humanité végète et meure.

Atterrissage lourd. Quand il rentre dans son corps c'est comme si on le forçait à pénétrer dans un tube étouffant, percé de quelques trous, seules ouvertures sur le monde extérieur. « J'ai habité dans cette boule de thé pendant plus de vingt ans », se dit-il ?

L'accueil est terrible. Une immense douleur se répand en lui.

Il entend : « Ça y est on l'a récupéré. Vite Morphine ! »

Une équipe de femmes et d'hommes, sanglés dans une tenue vert d'eau, masqués comme pour une attaque de banque, s'affaire au-dessus de lui, nimbée dans un éclat de lumière qui efface les ombres et les contours.

Pauvre petite lumière comparée à celles qu'il a contemplées. La douleur reflue mais il perd sa belle conscience, cette conscience toute neuve qui l'a habité quelques instants plus tôt. Avant de s'endormir, il sent une larme chaude se frayer un chemin sur le côté de l'œil.

Toujours endormi, il fait des tentatives désespérées pour mémoriser ce qu'il a vécu. Mais dans le rêve agité qu'il brasse, il y a déjà l'évidence de l'impossibilité avec un vocabulaire terrien de le raconter.

Son rêve s'effiloche et il perçoit nettement une conversation à voix basse où il reconnaît la voix de sa mère, teintée d'inquiétude et de peur. Il reconnaît celle de son père aussi plus rare. Les autres doivent être celles de l'équipe médicale qui l'a... quoi... sauvé ? Ramené dans cette prison corporelle, dans ce lit d'hôpital ?

Ça ne va pas être une moindre difficulté que de vivre au présent. Ne pas rester prisonnier de l'expérience. Il devra se méfier du piège du souvenir.

Deuxième difficulté : Il n'a pas vécu tout ce transport sublime, cette expérience pour rien. Elle crée un devoir. Le devoir de transmettre. Et là... ! Ce n'est même plus une histoire de vocabulaire, mais de case mentale.

Combien d'humains vont pouvoir recevoir, simplement écouter son récit ? Déjà dans sa famille... Mais il est déterminé, il va transmettre. Il ne sait pas encore comment.

Il a rencontré ce qu'il cherchait désespérément, la Beauté à l'état pur. Il faut qu'il dise au monde qu'elle existe et que chacun peut y accéder. La porte est en soi.

À PROPOS DE L'AUTEUR

Ecrire c'est s'offrir un grand voyage ! Un grand voyage intérieur. Dépaysement assuré. Tout commence avec une idée, une émotion, un reste de phrase qui traîne en vous comme une carte postale oubliée sur une étagère, à moitié éteinte par son ancienneté et la poussière qui s'y est déposée.

Mais il est toujours là et flotte en vous, familier.

Et puis un jour, une pensée, un fait, une image de télé, dépoussière le souvenir, lui redonne des habits rutilants. Cette nouveauté attire une suite et vous vous jetez sur votre stylo ou votre clavier pour cueillir ce jaillissement.

Et l'aventure palpitante repart au rythme de nouveaux battements de cœur.

Mais réussirais-je à partager avec vous ce voyage ? Nos iles sont si mystérieuses, si éloignées les unes des autres dans le grand océan de la vie commune ?

Bonne question qui n'a pas toujours trouvé de réponse affirmative : Des expéditions extravagantes se sont égarées dans des jungles impénétrables ; des traversées du désert ont semé au gré de dunes brûlantes des squelettes de caravanes… Des naufrages et des rêves impossibles…

Mais toujours renaît ce besoin d'exploration et d'évocation. J'espère sincèrement vous les avoir offerts.

www.ingramcontent.com/pod-product-compliance
Lightning Source LLC
Chambersburg PA
CBHW030540130626
46552CB00006B/2353